崇文国学经典

诗经

杨合鸣 译注

微信/抖音扫码查看
- 国学大讲堂
- 经典名句摘抄
- 国学精粹解读

崇　文　国　学　经　典

总　序

　　现代意义的"国学"概念,是在19世纪西学东渐的背景下,为了保存和弘扬中国优秀传统文化而提出来的。1935年,王缁尘在世界书局出版了《国学讲话》一书,第3页有这样一段说明:"庚子义和团一役以后,西洋势力益膨胀于中国,士人之研究西学者日益众,翻译西书者亦日益多,而哲学、伦理、政治诸说,皆异于旧有之学术。于是概称此种书籍曰'新学',而称固有之学术曰'旧学'矣。另一方面,不屑以旧学之名称我固有之学术,于是有发行杂志,名之曰《国粹学报》,以与西来之学术相抗。'国粹'之名随之而起。继则有识之士,以为中国固有之学术,未必尽为精粹也,于是将'保存国粹'之称,改为'整理国故',研究此项学术者称为'国故学'……"从"旧学"到"国故学",再到"国学",名称的改变意味着褒贬的不同,反映出身处内忧外患之中的近代诸多有识之士对中国优秀传统文化失落的忧思和希望民族振兴的宏大志愿。

　　从学术的角度看,国学的文献载体是经、史、子、集。崇文书局的这一套国学经典,就是从传统的经、史、子、集中精选出来的。属于经部的,如《诗经》《论语》《孟子》《周易》《大学》《中庸》《左传》;属于史部的,如《史记》《三国志》《资治通鉴》《徐霞客游记》;属于子部的,如《道德经》《庄子》《孙子兵法》《山海经》《黄帝内经》《世说新语》《茶经》《容斋随笔》;属于集部的,如《楚辞》《古诗十九首》《古文观止》。这套书内容丰富,而分量适中。一个希望对中国优秀传统文化有所了解的人,读了这些书,一般说来,犯常识性错误的可能性就很小了。

崇文书局之所以出版这套国学经典,不只是为了普及国学常识,更重要的目的是,希望有助于国民素质的提高。在国学教育中,有一种倾向需要警惕,即把中国优秀的传统文化"博物馆化"。"博物馆化"是20世纪中叶美国学者列文森在《儒教中国及其现代命运》中提出的一个术语。列文森认为,中国传统文化在很多方面已经被博物馆化了。虽然中国传统的经典依然有人阅读,但这已不属于他们了。"不属于他们"的意思是说,这些东西没有生命力,在社会上没有起到提升我们生活品格的作用。很多人阅读古代经典,就像参观埃及文物一样。考古发掘出来的珍贵文物,和我们的生命没有多大的关系,和我们的生活没有多大关系,这就叫作博物馆化。"博物馆化"的国学经典是没有现实生命力的。要让国学经典恢复生命力,有效的方法是使之成为生活的一部分。崇文书局之所以坚持经典普及的出版思路,深意在此,期待读者在阅读这些经典时,努力用经典来指导自己的内外生活,努力做一个有高尚的人格境界的人。

国学经典的普及,既是当下国民教育的需要,也是中华民族健康发展的需要。章太炎曾指出,了解本民族文化的过程就是一个接受爱国主义教育的过程:"仆以为民族主义如稼穑然,要以史籍所载人物制度、地理风俗之类为之灌溉,则蔚然以兴矣。不然,徒知主义之可贵,而不知民族之可爱,吾恐其渐就萎黄也。"(《答铁铮》)优秀的传统文化中,那些与维护民族的生存、发展和社会进步密切相关的思想、感情,构成了一个民族的核心价值观。我们经常表彰"中国的脊梁",一个毋庸置疑的事实是,近代以前,"中国的脊梁"都是在传统的国学经典的熏陶下成长起来的。所以,读崇文书局的这一套国学经典普及读本,虽然不必正襟危坐,也不必总是花大块的时间,更不必像备考那样一字一句锱铢必较,但保持一种敬重的心态是完全必要的。

期待读者诸君喜欢这套书,期待读者诸君与这套书成为形影相随的朋友。

陈文新

(教育部长江学者特聘教授,武汉大学杰出教授)

崇文国学经典

前　言

　　《诗经》是我国最早的一部诗歌总集,共 305 首诗。它原名《诗》或《诗三百》,至汉代奉为经典,故称《诗经》,这一名称沿用至今。据史料记载,《诗经》属于乐歌。《墨子·公孟》篇说:"诵诗三百,弦诗三百,歌诗三百,舞诗三百。"《史记·孔子世家》也说:"三百五篇,孔子皆弦歌之。"这表明《诗经》除了用于吟诵外,还可配以乐舞演唱。《诗经》所反映的是距今两千五百年至三千年的上古社会生活。由于时代遥远,语言艰涩,是最难读的古书之一。汉代的学者就曾发出"诗无达诂"的浩叹。事实正是如此。无论是对《诗经》词语的解释,还是对《诗经》主题的说解,无不见仁见智,呈现出几千年纷纭无定解的局面,因而继续研读《诗经》很有必要。

　　《诗经》有"六义",即风、雅、颂、赋、比、兴。风、雅、颂为《诗经》的体制,赋、比、兴为《诗经》的表现手法。风、雅、颂是音乐上的分类。风包括十五国风,是各地的土乐。雅包括"小雅""大雅",是王都的正乐。"雅"含"正"意,上古"雅""夏"同音,西周王都在夏人旧地,故名"雅"。颂包括"周颂""鲁颂""商颂",是宗庙的乐歌。上古"颂""镛(大钟)"通用,故名"颂"。因以大钟伴奏,故其声调舒缓。赋是"铺陈其事",即直接地写景、叙事或抒情。比是"以彼物比此物",即通过比喻来叙事抒情。兴是"先言他物以引起所咏之词",兼有比喻、烘托、象征、协韵等作用。钟嵘《诗品序》说"若专用比兴,患在意深;但用赋体,患在意浮。若三者酌而用之,干之以风力,润之以丹彩",便可达到"味之者无极,闻之者动心"的艺术效果。在这方面,《诗经》是一个榜样。

《诗经》收诗所涉地域相当辽阔,大致包括陕西、山西、河南、河北、山东、湖北等地区。周南、召南均属风诗,为何称"南"不称"风"?一般认为,"南"是一种很古老的乐器,后来演变成为一种地方曲调名。因这种曲调产生于南方,故"南"又是方位之称。"二南"的大部分诗来自江汉之间的一些小国。有少数诗篇远及周公旦和召公奭(shì)分治的地区,即河南洛阳一带。这些诗因受"南音"的影响,故命名为"周南""召南"。邶、鄘、卫均是古国名。西周初年,邶与鄘就并入了卫国。因卫诗篇数过多,故将部分诗编入邶、鄘之下。其地旧说在今河南汤阴县东南、南汲县东北及南洪县附近。王即王畿(jī)的简称。所谓"王畿",就是周王朝直接统治的地区。诗称"王风"而不称"周风",这是因为周平王东迁洛邑,而洛邑也称"王城"之故。其地在今河南洛阳一带。郑是姬姓国。西周灭亡,郑武公与周平王东迁,建都新郑。其地在河南中部。齐本是姜尚(姜太公)的封国,春秋时期,已发展成为一个大国。其地包括今山东中部、东北部及河北沧州的南部。魏是周初所封的姬姓小国,后为晋所灭。其地在今山西芮城一带。唐是传说中帝尧的旧都。周成王时,封弟叔虞为唐侯。因南有晋水,故改国号为晋。称"唐风"不称"晋风",是沿用始封的旧号。其地在今山西中部。秦本是周朝的附庸之国。秦襄公护送周平王东迁,建有功绩,始封为诸侯。其地包括陕西一带及甘肃东南部。陈是西周小国。周武王封妫满于陈,建都宛丘(今河南淮阳)。其地包括河南东部和安徽西北部。桧字又作"郐",西周小国。其地在河南中部。曹是西周小国。周武王封振铎于曹。其地在山东西南部。豳(bīn)又作"邠",古都邑名。周始祖后稷本封于邰(tái),至公刘迁居于豳。其地在今陕西栒邑、邠县一带。西周灭亡后,其地为秦占有。雅诗产生于西周都城镐京(西安)和东周都城洛邑(洛阳)。周颂产生于西周都城镐京。鲁颂产生于鲁国的首都曲阜。商颂产生于商代的都城殷(今河南安阳小屯村)。商汤灭夏后,建都于亳(山东曹县南),曾多次迁移。后盘庚迁都于殷,故商也被称为殷。

《诗经》的内容极为丰富,它可以说是西周初年至春秋中叶五百多年社会生活的一面镜子。保存在国风和小雅中的民歌是最有价值的作品。有的揭露贵族统治者的腐朽本质,有的描写徭役和战争所造成的灾难,有的表现被弃妇女的悲惨遭遇,有的歌咏美好纯洁的爱情等等。另一部分出自贵族文人之手的宫廷诗、祭祀诗、颂祖诗,虽然有一定的认识价值和史料价值,但思想性和艺术性都不高。《诗经》的民歌具有很高的艺术水平。主要表现在以下几个方面:一是情景交融的艺术境界。诗人将主观之情与客观之景互渗融合,达到了情与景的完美统一。二是风格多样。或豪放,或婉曲;或庄重,或诙谐;或富丽,或质朴;或深沉,或飘逸;或柔曼,或愤激,真可谓千姿百态。三是重章复沓,反复吟唱,使诗意回环往复,韵味无穷。四是酌用赋、比、兴,使诗意丰厚而含蓄,使语言生动而形象。五是善用联绵词、重叠词写景状物,收到了"以少总多,情貌无遗"的效果。六是句法灵活,节奏明快,韵律和谐,读来觉得有一种悠远的情韵贯注于其间。因此,《诗经》在我国文学史上占有重要的地位。后世诗人无不从中汲取丰富的营养,其影响是非常深远而巨大的。

《诗经》大约结集于春秋中叶。自此以后,《诗经》在历代广为流传,一些名篇常诵不衰。它流传的历史大致可划分为五个时期。

（一）春秋战国为"赋诗言志"的时期。当时，无论是宗庙祭祀，还是婚姻宴饮，都要演奏相应的乐歌。无论是诸侯相会，还是外交场合，也常"赋诗言志"。应当指出的是，这种"赋诗言志"实为断章取义，而非诗的本意。（二）汉唐由四家诗转到毛诗独尊的时期。《诗经》遭秦火以后，至汉代传授《诗经》的有四家。齐人辕固生传授的叫齐诗，鲁人申培传授的叫鲁诗，燕人韩婴传授的叫韩诗，鲁人毛亨传授的叫毛诗。东汉以后，毛诗渐盛，三家诗渐废。齐诗到三国时失传，鲁诗到西晋时失传，韩诗到西晋以后也无人传授，于是毛诗独尊而流传至今。（三）宋元明为怀疑《诗序》修正《毛传》的时期。旧说《诗序》是孔子弟子子夏所作，是"圣人"之言。所以很长一个时期，它对解说《诗经》的主题起着决定的作用。宋人怀疑《诗序》，对它的权威性提出了勇敢的挑战。郑樵作《诗辨妄》，攻击《诗序》是"村野妄人所作"；王质作《诗总闻》，主张"去序言诗"；朱熹作《诗序辨说》，说《诗序》是"后人杜撰"，实不可信。至此，《毛诗》才逐渐失去了权威，而朱熹《诗集传》在元明两代影响尤大。（四）清代为《诗经》研究的发展时期。其间名家辈出，著述如林。尊崇《毛诗》的"汉学"派，注重考据、训诂，说诗以《诗序》为准。如陈启源《毛诗稽古编》、陈奂《诗毛氏传疏》、马瑞辰《毛诗传笺通释》等。尊奉朱熹《诗集传》的"宋学"派，注重发挥义理，力主三家诗而摒弃《诗序》。如魏源《诗古微》等。独立思考派，能突破汉宋诸家旧说，力求从诗文本推求意旨，具有创新精神。如崔述《读风偶识》、姚际恒《诗经通论》、方玉润《诗经原始》等。（五）现当代为《诗经》研究的繁盛时期。具有新思想、新精神的学者们，不再用"经学"的目光去看待《诗经》，而是用文学的、社会学的、民俗学的方法去透视这一古老的诗歌总集，并取得了辉煌的实绩。尤其在新中国成立以后，《诗经》研究出现了空前繁荣的局面。主要著作有：张西堂《诗经六论》、于省吾《诗经新证》、余冠英《诗经选》、陈子展《诗经直解》、金启华《诗经全译》、高亨《诗经今注》、黄焯《诗说》、向熹《诗经词典》、夏传才《诗经研究史概要》、王宗石《诗经分类诠释》等等。目前,《诗经》研究正方兴未艾。可以预料,在21世纪,《诗经》研究必将取得更加辉煌的成就。

本书是一部《诗经》的普及性读本。精选《诗经》部分诗作,依据可靠版本,对有些诗的章节略作调整。每首诗进行翻译、注释和简析,以帮助读者阅读理解。书中插图由日本江户时代儒学者细井徇撰绘,画风唯美,给人以无限美的想象。

此书出版得到崇文书局领导和编辑同志的大力支持,在此谨致谢忱。由于本人学殖荒落,书中缺点错误在所难免,尚祈方家及读者批评指正。

杨合鸣
2022 年 10 月

目录

国风

周南

关雎 …………………… 3
葛覃 …………………… 5
卷耳 …………………… 6
桃夭 …………………… 8
汉广 …………………… 9
汝坟 …………………… 11

召南

草虫 …………………… 13
行露 …………………… 15
摽有梅 ………………… 16
江有汜 ………………… 17
野有死麕 ……………… 18

邶风

柏舟 …………………… 20
绿衣 …………………… 22

燕燕 …………………… 23
击鼓 …………………… 25
凯风 …………………… 26
泉水 …………………… 27
北风 …………………… 29
静女 …………………… 31
新台 …………………… 32

鄘风

墙有茨 ………………… 34
君子偕老 ……………… 35
相鼠 …………………… 37
载驰 …………………… 39

卫风

考槃 …………………… 41
硕人 …………………… 42
氓 ……………………… 44

竹竿 …… 47	南山 …… 80
河广 …… 49	载驱 …… 81
伯兮 …… 50	**魏风**
木瓜 …… 52	园有桃 …… 83
王风	硕鼠 …… 85
黍离 …… 54	**唐风**
君子于役 …… 56	蟋蟀 …… 87
扬之水 …… 57	绸缪 …… 89
兔爰 …… 59	鸨羽 …… 90
采葛 …… 60	无衣 …… 92
大车 …… 61	葛生 …… 93
郑风	**秦风**
缁衣 …… 63	小戎 …… 95
将仲子 …… 64	蒹葭 …… 97
女曰鸡鸣 …… 66	黄鸟 …… 99
山有扶苏 …… 67	晨风 …… 100
狡童 …… 69	无衣 …… 102
褰裳 …… 70	渭阳 …… 103
风雨 …… 71	**陈风**
子衿 …… 72	衡门 …… 105
扬之水 …… 73	东门之池 …… 106
出其东门 …… 74	月出 …… 107
野有蔓草 …… 76	株林 …… 108
溱洧 …… 77	**桧风**
齐风	隰有苌楚 …… 110
东方之日 …… 79	

曹风

鸤鸠 ················ 112
下泉 ················ 113

豳风

七月 ················ 115

雅

小雅

鹿鸣 ················ 123
常棣 ················ 125
伐木 ················ 127
天保 ················ 129
采薇 ················ 132
杕杜 ················ 135
鸿雁 ················ 137
鹤鸣 ················ 139
白驹 ················ 140
斯干 ················ 142
十月之交 ············ 146
小旻 ················ 149
小弁 ················ 152
巧言 ················ 155
巷伯 ················ 158
谷风 ················ 161
蓼莪 ················ 162
大东 ················ 164
北山 ················ 168

小明 ················ 170
车舝 ················ 173
青蝇 ················ 175
角弓 ················ 176
采绿 ················ 178
隰桑 ················ 180
苕之华 ·············· 181
何草不黄 ············ 183

大雅

文王 ················ 185
旱麓 ················ 188
思齐 ················ 190
生民 ················ 192
公刘 ················ 196
板 ·················· 200
荡 ·················· 204
抑 ·················· 208
桑柔 ················ 213
烝民 ················ 219

颂

周颂

我将 …………………… 225

噫嘻 …………………… 226

丰年 …………………… 227

有客 …………………… 228

敬之 …………………… 229

丝衣 …………………… 231

鲁颂

有駜 …………………… 232

泮水 …………………… 234

商颂

烈祖 …………………… 239

玄鸟 …………………… 241

崇　文　国　学　经　典

周　南

关　雎

关关雎鸠①,在河之洲②。　　叫声关关的鱼鹰,在黄河的沙洲上。
窈窕淑女③,君子好逑④。　　美丽善良的姑娘,是男子理想的对象。

参差荇菜⑤,左右流之⑥。　　长短不齐的荇菜,向左向右采摘它。
窈窕淑女,寤寐求之⑦。　　　美丽善良的姑娘,男子日夜追求她。

求之不得,寤寐思服⑧。　　　追求她啊追不上,男子日夜把她想。
悠哉悠哉⑨,辗转反侧⑩。　　夜太长啊夜太长!翻来覆去不能忘。

参差荇菜,左右采之。　　　　长短不齐的荇菜,向左向右采摘它。
窈窕淑女,琴瑟友之⑪。　　　美丽善良的姑娘,弹奏琴瑟亲爱她。

参差荇菜,左右芼之⑫。　　　长短不齐的荇菜,向左向右采摘它。
窈窕淑女,钟鼓乐之⑬。　　　美丽善良的姑娘,敲击钟鼓娱乐她。

【注释】

①关关:鸟的和鸣声。雎(jū)鸠:鱼鹰。栖息水边,善于捕鱼。
②河:特指黄河。洲:水中的陆地。
③窈窕(yǎo tiǎo):容貌美丽。淑:心地善良。
④好逑(qiú):理想的配偶。
⑤参差(cēn cī):长短不齐。荇(xìng)菜:又名"接余"。一种水草,浮在水上,其白茎、嫩叶可食。
⑥左右:向左边,向右边。流:通"摎(jiū)"。择取。

⑦寤寐(wù mèi):睡醒为"寤",睡着为"寐"。"寤""寐"连用,犹言日夜。
⑧思服:思念。
⑨悠:长。
⑩辗转反侧:翻来覆去。
⑪琴瑟:古代乐器名。琴有五弦或七弦;瑟有五十弦、二十弦、十五弦等多种。友:亲爱。
⑫芼(mào):择取。
⑬乐之:使她快乐。"乐"用作使动。

【评析】

　　这是男子爱恋女子之诗。全诗五章。一章以河洲上对对和鸣的鱼鹰,兴比淑女是君子的好配偶。二章以采摘长短不齐的荇菜,兴比君子对淑女的追求。君子因求之不得,故日夜思念,备觉长夜难熬,卧躺床上,翻来覆去,彻夜难眠。其眷念之情,苦闷之状,可想而知。三、四、五章仍以采摘长短不齐的荇菜,兴比君子对淑女的追求。君子终于求而得之,欣喜无限。在婚礼之上,琴瑟并奏,钟鼓齐鸣。君子以悠扬的琴瑟亲爱淑女,以和美的钟鼓使淑女欢娱,气氛显得十分和谐而热烈。

葛覃

葛之覃兮①,施于中谷②,　　紫葛的藤条啊,蔓延到谷中央。
维叶萋萋③。黄鸟于飞④,　　它的叶儿郁苍苍。黄鹂飞来又飞往,
集于灌木⑤,其鸣喈喈⑥。　　落在丛生的小树上,它的叫声清脆而响亮。

葛之覃兮,施于中谷,　　　紫葛的藤条啊,蔓延到谷中央,
维叶莫莫⑦。是刈是濩⑧,　　它的叶儿绿汪汪。将藤割来将藤煮,
为絺为绤⑨,服之无斁⑩。　　织成细布和粗布,穿在身上真舒服。

言告师氏⑪,言告言归。　　向工头去请假,请假之后好回乡。
薄污我私⑫,薄浣我衣⑬。　　快洗我的内衣,快洗我的外装。
害浣害否⑭,归宁父母⑮。　　哪件洗来哪件藏,洗毕回家看爹娘。

【注释】

①葛:葛草。纤维可织葛布。覃(tán):通"藤"。

②施(yì):蔓延。

③维:代词。相当于"其",指代"葛藤"。萋萋:茂盛的样子。

④黄鸟:黄鹂。于:语助词。无义,仅起凑足音节的作用。

⑤灌木:丛生的小树。

⑥喈喈(jiē):鸟鸣声。

⑦莫莫:义同"萋萋"。

⑧刈(yì):割。濩(huò):通"镬"。煮。

⑨絺(chī):细葛布。绤(xì):粗葛布。

⑩斁(yì):厌恶。

⑪言:语助词。无义。告:告假。师氏:工头或师傅。

⑫薄:语助词。无义。污:洗。私:内衣。
⑬浣(huàn):洗。
⑭害:通"曷"。什么。否:不洗。
⑮归宁:回家探望(父母)。

【评析】

　　这是作坊女奴思归之诗。全诗三章。首章描写初夏山间的景色。此章不仅点明了季节,渲染了气氛,而且还交代了作坊的生产原料,即"葛覃"。次章写作坊生产的全过程。首先是割葛煮葛;接着是织成细葛布、粗葛布;最后是裁制葛布衣。这种葛布衣穿在身上舒舒服服。此章生动地描绘出了女奴们在作坊紧张而忙碌的苦役生活。末章写女奴思归告假。紧张的劳动暂且告一段落,女奴们向"师氏"告假,准备洗完衣服回家探望父母。

卷　耳

采采卷耳①,不盈顷筐②。
嗟我怀人③,寘彼周行④。

陟彼崔嵬⑤,我马虺隤⑥。
我姑酌彼金罍⑦,
维以不永怀⑧。

陟彼高冈,我马玄黄⑨。
我姑酌彼兕觥⑩,
维以不永伤。

陟彼砠矣⑪,我马瘏矣⑫。
我仆痡矣⑬,云何吁矣⑭!

茂盛的卷耳菜,采了许久还不满一浅筐。
唉!我怀念亲人啊,把筐儿抛在大路旁。

登上那高山巅,我的马儿已腿软。
我姑且斟满那酒壶,
为了不长久地怀念。

登上那高冈,我的马儿已累伤。
我姑且斟满那牛角杯,
为了不长久地悲怆。

登上那高山,我的马儿已累瘫,
我的仆人也累病,我只得仰天而长叹。

【注释】

①采采:茂盛的样子。卷耳:又名"苍耳""苓耳"。嫩苗可食。

②盈:满。顷筐:浅口筐。

③嗟(jiē):叹词。相当于"唉"。

④寘(zhì):放置。周行(háng):大道。

⑤陟(zhì):登上。崔嵬(cuī wéi):高山。

⑥虺隤(huī tuí):腿软无力。

⑦姑:姑且。金罍(léi):饰金的壶形酒器。

⑧维:语助词。以:连词。表示目的,相当于"为了"。永:长。

⑨玄黄:疾病。

⑩兕觥(sì gōng):犀牛角酒杯。

⑪砠(jū):石山。

⑫瘏(tú):病。

⑬痡(pū):病。

⑭云:语助词。何:多么。吁(xū):通"忏"。忧愁。

【评析】

这是妇人思念征夫之诗。全诗四章。一章正面写妇人思念丈夫。卷耳易得,顷筐易盈,但这妇人采了许久竟然装不满一浅筐。原来是因为思夫殷切,无心采摘所致。于是她索性停止劳作,将顷筐抛在大路旁边。后三章侧面写妇人思念丈夫。这三章不是写妇人如何思念丈夫,而是写丈夫如何思念妻子。这种"以他思写己思"的手法的确高明。妇人想象丈夫在征途中思念自己的种种苦状。丈夫长年在外,翻山越岭,艰

7

辛备尝,致使马儿累坏了,仆人也累病了。他忧痛至极,多次驻马饮酒,想借以排遣"永怀""永伤"的愁绪。然而借酒岂能浇愁。万般无奈,他只好仰天长叹:"我是多么忧愁啊!"一股思亲怀归之情溢于言表。

桃 夭

桃之夭夭①,灼灼其华②。
之子于归③,宜其室家④。

桃之夭夭,有蕡其实⑤。
之子于归,宜其家室⑥。

桃之夭夭,其叶蓁蓁⑦。
之子于归,宜其家人⑧。

桃树真盛壮,它的花朵闪红光。
这个女子出嫁,会使她家庭兴旺。

桃树真盛壮,它的果实圆又大。
这个女子出嫁,会使她家庭发达。

桃树真盛壮,它的叶儿郁苍苍。
这个女子出嫁,会使她家人安康。

【注释】

①夭夭:盛壮的样子。

②灼灼(zhuó):鲜艳的样子。华:花。

③之子:这个女子。于:语助词。无义。归:出嫁。

④宜:和顺。

⑤有蕡(fén):形容果实圆大。

⑥家室:义同"室家"。

⑦蓁蓁(zhēn):树叶繁盛的样子。

⑧家人:合家之人。

【评析】

　　这是祝贺女子出嫁之诗。全诗三章。每章前二句皆为兴体,且具有象征的作用。每章后二句是对女子的祝愿与赞美。一章以桃树盛壮、桃花鲜艳,象征女子年轻貌美。这个女子出嫁,会使家庭和顺。二章以桃树盛壮、桃实圆大,象征女子体健多子。这个女子出嫁,会使家庭兴旺。三章以桃树盛壮、桃叶繁茂,象征女子品性笃厚。这个女子出嫁,会使家人幸福。由于前二句形象鲜明而生动,故而能引发出优美的联想,从而使得后二句的祝颂之词变得可感可触,给人以深刻的印象。此诗对后世影响很大。一些诗词中的"面如桃花""艳若桃李"以及"人面桃花"的传奇故事皆源于《桃夭》一诗。

汉　广

南有乔木①,不可休思②。　　南方有高树,不可去歇休。
汉有游女③,不可求思。　　　汉水有神女,不可去追求。
汉之广矣,不可泳思④。　　　汉水真宽广,不可去泳游。
江之永矣⑤,不可方思⑥。　　长江真辽阔,不可去浮泅。

翘翘错薪⑦,言刈其楚⑧。 层层错杂的木柴,当割取其中的荆条。
之子于归,言秣其马⑨。 这个女子要出嫁,快把马儿去喂饱。
汉之广矣,不可泳思。 汉水真宽广,不可去泳游。
江之永矣,不可方思。 长江真辽阔,不可去浮泅。

翘翘错薪,言刈其蒌⑩。 层层错杂的木柴,当割取其中的艾蒿。
之子于归,言秣其驹⑪。 这个女子要出嫁,快把马儿去喂饱。
汉之广矣,不可泳思。 汉水真宽广,不可去泳游。
江之永矣,不可方思。 长江真辽阔,不可去浮泅。

【注释】

①乔木:高大的树木。
②休:休息。思:语助词。
③游女:神女。
④泳:游泳渡水或潜水而行。
⑤江:指长江。永:长。
⑥方:筏子。这里指乘筏子渡河。
⑦翘翘(qiáo):突起的样子。错薪:错杂的木柴。
⑧言:语助词。无义。刈(yì):割。楚:丛木。一名"荆"。
⑨秣(mò):喂养。
⑩蒌(lóu):蒿。
⑪驹(jū):六尺高的马。

【评析】

这是男子求偶失望之诗。全诗三章。一章写女子不可追求。此章皆为兴体。诗以乔木不可休、神女不可求、汉广不可游、江永不可渡,兴比女子不可求。二、三章写幻想爱情实现。尽管求爱难得,但这男子并未放弃对女子的执着追求。每章首二句也为兴体。诗以层层错杂的草木,当割取其中的荆条与蒌蒿,兴比男子求偶就要选择最好的姑娘。此时男子想象爱情理想的实现:等到女子嫁给我时,我就喂饱马驹驾车去迎娶她。当然,这只是一种虚幻的梦想。于是他又只得发出"汉广不可游,江永不可渡"的悲叹。

汝 坟

遵彼汝坟[1],伐其条枚[2]。　　沿着那汝水堤岸,砍那树上的枝条。
未见君子,惄如调饥[3]。　　未见丈夫归来,如同早上饥饿难熬。

遵彼汝坟,伐其条肄[4]。　　沿着那汝水堤岸,砍那树上的枝条。
既见君子,不我遐弃[5]。　　已见丈夫归来,没有把我远抛。

鲂鱼赪尾[6],王室如毁[7]。　　鲂鱼劳累成红尾,王室苛政如火烧。
虽则如毁,父母孔迩[8]。　　虽然苛政如火烧,父母在堂要尽孝。

【注释】

[1]遵:沿着。汝:水名。坟:大堤。

[2]条枚:树木的枝条。

[3]惄(nì):忧思。调:通"朝"。早晨。

[4]肄(yì):砍后再生的枝条。

[5]遐(xiá):远。

[6]鲂:鳊鱼。赪(chēng)尾:赤尾。

[7]王室:王朝;朝廷。毁(huǐ):烈火。

[8]孔:副词。相当于"很"。迩(ěr):近。

【评析】

这是妻子怀念丈夫之诗。全诗三章。一章写妻子未见丈夫归来的忧念之情。妻子沿着汝水大堤,正在砍伐那茂密的树枝,她未见丈夫归来,满腹的忧思如同朝饥思食一样急切难耐。二章写妻子见到丈夫归来的喜悦之情。妻子沿着汝水大堤,正在砍伐那茂密的树枝。她突然见到丈夫归来,心里无限惊喜,情不自禁地脱口而出:原来丈夫没有把我远远抛弃。三章写夫妻互倾情愫。丈夫慨叹地说:鲂鱼尾红是由于过度劳累,我久役不归是因为暴政如火。妻子则深情地说:虽然暴政如火,但是现在父母就在身边,要尽赡养之孝。这段对话,字里行间充溢着夫妻久别的思念与重逢的欣慰。

召　南

草　虫

喓喓草虫①,趯趯阜螽②。
未见君子,忧心忡忡③。
亦既见止④,亦既觏止⑤,
我心则降⑥。

陟彼南山,言采其蕨⑦。
未见君子,忧心惙惙⑧。
亦既见止,亦既觏止,
我心则说⑨。

陟彼南山,言采其薇⑩。
未见君子,我心伤悲。
亦既见止,亦既觏止,
我心则夷⑪。

蝈蝈喓喓叫,蝗虫蹦蹦跳。
未见丈夫归来,急得像火烧。
已看到丈夫,已见着丈夫,
一颗悬着的心放下了。

登上那南山,采摘那野菜。
未见丈夫归来,心似乱麻难解开。
已看到丈夫,已见着丈夫,
一颗忧愁的心才痛快。

登上那南山,采摘那豌豆。
未见丈夫归来,心里真忧愁。
已看到丈夫,已见着丈夫,
一颗起伏的心才好受。

【注释】

①喓喓(yāo):虫鸣声。草虫:蝗类昆虫。也叫蝈蝈。
②趯趯(tì):跳跃的样子。阜螽(zhōng):蝗虫。也叫蚱蜢。
③忡忡(chōng):忧思的样子。

④止:语助词。

⑤觏(gòu):通"遘"。遇见。

⑥降(jiàng):放下。

⑦蕨(jué):野菜名。也叫蕨菜。嫩叶初生时卷曲如拳,可供食用。

⑧惙惙(chuò):忧愁的样子。

⑨说(yuè):同"悦"。高兴。

⑩薇(wēi):野菜名。茎叶似豆,后世称野豌豆。

⑪夷:平静。

【评析】

这是妻子思念丈夫之诗。全诗三章。一章写秋天思念丈夫。诗以草虫、阜螽兴起悲秋之感。二章写春天思念丈夫。诗以采蕨兴起思念之情。三章写夏天思念丈夫。诗以采薇兴起感伤之怀。此诗写了两年的事情。由秋天写到春天,又由春天写到夏天。随着时序的推移、景物的变换,妻子对丈夫的思念之情更加强烈,更加浓厚。读罢此诗,令人感动。

行 露

厌浥行露①,岂不夙夜②,
谓行多露③。

谁谓雀无角④,何以穿我屋⑤?
谁谓女无家⑥,何以速我狱⑦?
虽速我狱,室家不足⑧!

谁谓鼠无牙,何以穿我墉⑨?
谁谓女无家,何以速我讼⑩?
虽速我讼,亦不女从⑪!

道上露水湿淋淋,谁不想早点赶路程,
只怕露多道难行。

谁说雀儿没有嘴?凭什么穿透我房屋?
谁说你没有娶妻室?凭什么让我坐牢狱?
即使让我坐牢狱,要成夫妻理不足!

谁说老鼠没有牙?凭什么穿透我墙壁?
谁说你没有娶妻室?凭什么使我吃官司?
即使让我吃官司,我也决不屈从你!

【注释】

①厌浥(yì):潮湿。行:道路。
②岂:副词。难道。夙(sù):早。
③谓:通"畏"。害怕。
④角:鸟嘴。
⑤何以:即"以何",凭什么。
⑥女:代词。相当于"汝",你。家:指妻室。
⑦速:招致。狱:诉讼,打官司。
⑧不足:指成婚的理由不充足。
⑨墉(yōng):墙。
⑩讼:义同"狱"。
⑪亦:也。不女从:即"不从女",不顺从你。

【评析】

这是女子争取婚姻自主而勇敢抗争之诗。全诗三章。一章全为兴体,二、三章首二句也为兴体。一章以谁不想早点赶路程,只怕道上露水湿淋淋,兴比女子谁不想早点就成亲,只怕所嫁不是意中人。二、三章以鸟雀有嘴可穿屋,老鼠有牙可穿墙,兴比男子已有妻室。但这男子还想娶一位未婚女子为妻,并要挟说如不顺从就要让她吃官司。这种蛮横的举动遭到女子的断然拒绝。这女子理直气壮地斥责道:即使让我吃官司,要想成婚理不足;即使让我吃官司,我也决不屈从你。不难看出,这是一位性格刚毅的女子。她面对威胁,毫不畏惧,而是勇敢地迎接挑战,实在难能可贵。

摽有梅

摽有梅①,其实七兮②。
求我庶士③,迨其吉兮④!

梅子开始坠落啊,它的果实还有七成。
追求我的小伙子,就趁着这美好的时辰!

摽有梅,其实三兮⑤。
求我庶士,迨其今兮⑥!

梅子开始坠落啊,它的果实只有三成。
追求我的小伙子,就趁着今天来定情!

摽有梅,顷筐塈之⑦。
求我庶士,迨其谓之⑧!

梅子开始坠落啊,全都装进了浅筐。
追求我的小伙子,就趁着这开口的好时光。

【注释】

①摽(biào):坠落。有:名词词头。梅:落叶乔木,能开花结果。
②其:代词。指代"梅"。实:梅子。七:指梅子还剩十分之七。
③庶士:众多男子。
④迨(dài):趁着。吉:吉日良辰。
⑤三:指梅子还剩十分之三。
⑥今:今日,即日。
⑦顷筐:浅口筐。塈(xì):取。

⑧谓:说。

【评析】

　　这是女子亟待婚嫁之诗。全诗三章。每章意思并非并列,而是层层递进。每章首二句为兴体。梅子纷纷坠落,树上还有七成,树上只有三成,树上全都落光。诗以此兴比女子的青春
由盛而渐渐转衰。每章三、四句为赋体。正因为女子深感青春易逝,故而求爱之心才更为急切。她大胆地表白道:追求我的小伙子,就趁着吉日,就趁着今天,就趁着开口之时,表明你的心迹吧!诗先说"其吉",又说"其今",再说"谓之",恰似紧锣密鼓,敲响了女子急切求爱的心音。

江有汜

江有汜①,之子归,
不我以②。
不我以,其后也悔!

江有渚③,之子归,
不我与④。
不我与,其后也处⑤!

长江支流翻波涛,这个女子出嫁了,
再也不同我相好。
再也不同我相好,定会悔恨懊恼。

长江洲边水分流,这个女子出嫁了,
再也不同我相厚。
再也不同我相厚,定会独自忧愁。

17

江有沱⑥,之子归,
不我过⑦。
不我过,其啸也歌⑧!

长江支流翻波浪,这个女子出嫁了。
再也不同我来往。
再也不同我来往,定会悲歌哀伤。

【注释】

①汜(sì):自干流分出又回到干流的河流。
②不我以:即"不以我",不要我。
③渚(zhǔ):水中小洲。
④不我与:即"不与我",不爱我。
⑤处:通"癙"。忧愁。
⑥沱(tuó):水的支流。
⑦不我过:即"不过我",不理我。
⑧啸(xiào)也歌:边哭边唱。

【评析】

这是男子失恋之诗。全诗三章。每章首句为兴体。诗以长江出现汊道支流,兴比女子情意不专,别有所爱。每章后四句写男子惆怅之情。这个女子出嫁了,再也不爱我了,这岂不令人惆怅满怀?然而这男子毕竟是一个自信而又善于自解的人。他坦诚地表白道:你不爱我了,定会后悔莫及。如此反复咏唱,将其缠绵悱恻而又自我慰藉的心理表现得淋漓尽致。

野有死麕

野有死麕①,白茅包之②。
有女怀春③,吉士诱之④。
林有朴樕⑤,野有死鹿。
白茅纯束⑥,有女如玉⑦。

打死的獐子在荒郊,白茅草儿把它包。
有个姑娘春情动,小伙子故意把她撩。
野外长着小树苗,打死的鹿儿在荒郊。
白茅草儿都捆牢,有个姑娘如玉妙。

舒而脱脱兮⑧,无感我帨兮⑨,无使尨也吠⑩!

你来时要轻悄悄,不要扯动我围腰,不要使长毛狗汪汪叫。

【注释】

①麇(jūn):獐子。

②白茅:丝茅草。

③怀春:向往爱情。

④吉士:男子的美称。此指猎人。诱:引诱。

⑤朴樕(sù):小树。

⑥纯束:包捆。

⑦如玉:比喻貌美。

⑧舒:徐缓。脱脱(tuì):轻轻。

⑨感(hàn):同"撼"。触动。帨(shuì):佩巾。

⑩尨(máng):长毛狗。

【评析】

　　这是青年男女恋爱之诗。此诗描写了一个饶有兴味的爱情故事。全诗三章。一章写爱情的萌生。一位猎人在郊野打死一只獐子,正在用茅草将獐子包裹起来。这时一位少女从这儿经过,目睹了猎人高超的射艺,顿时萌生了爱慕之情。这猎人也心领神会,于是用多情的话语挑逗少女。就这样两人一见钟情。二章写爱情的发展。第二天,猎人在林中砍了一些小树,又在郊野打死一只鹿,正在用茅草将小树和鹿捆束起来。这时少女又来到郊野。猎人这时端详少女,不禁暗自赞叹道:她的容貌真美,就像白玉一般光彩照人。就这样两人更加相互爱慕。三章写约会的情景。傍晚时分,猎人主动上门邀约少女幽会。少女悄悄地走了出来,小声叮嘱说:"你要慢一点,轻一点,别触动我的佩巾,别使我家的长毛狗汪汪叫。"幽会自然是幸福的,但少女心存顾虑却给这幸福掺杂了一丝苦涩。

邶　风

柏　舟

泛彼柏舟①,亦泛其流②。
耿耿不寐③,如有隐忧④。
微我无酒⑤,以敖以游⑥。

我心匪鉴⑦,不可以茹⑧。
亦有兄弟,不可以据⑨。
薄言往愬⑩,逢彼之怒。

我心匪石,不可转也。
我心匪席,不可卷也。
威仪棣棣⑪,不可选也⑫。

忧心悄悄⑬,愠于群小⑭。
觏闵既多⑮,受侮不少。
静言思之,寤辟有摽⑯。

日居月诸⑰,胡迭而微⑱?
心之忧矣,如匪浣衣⑲。
静言思之,不能奋飞⑳!

小小的柏木舟,漂浮在河中流。
心中焦灼难入睡,掩不住深深的忧愁。
并非我没有美酒,用来放怀邀游。

我的心不是镜子,不可包容美丑。
我也有同胞兄弟,依靠却不能够。
我正想前去倾诉,却正碰上他们发怒。

我的心不是石头,哪能任人来转动。
我的心不是席子,哪能任人来卷起。
人有尊严要保持,哪能随意屈从。

烦恼沉沉压在心,小人把我当眼中钉。
遭逢苦难说不尽,受到欺凌数不清。
静下心来想一想,猛然惊醒捶胸又抚心。

太阳啊月亮啊,为何交替没有光?
心中忧愁烦闷啊,就像搓洗着脏衣裳。
静下心来想一想,恨不能高飞展翅膀。

【注释】

①泛:漂浮的样子。柏舟:用柏木制作的船。

②流:指河流。

③耿耿:忧烦焦灼的样子。寐(mèi):入睡。

④如:而。隐:通"殷"。大,深。

⑤微:非,不是。

⑥敖:通"遨",游玩。

⑦匪:非,不是。鉴:镜子。

⑧茹:容纳。

⑨据:依靠。

⑩愬(sù):同"诉",诉说。

⑪威仪:仪表。棣棣(dì):庄重的样子。

⑫选:通"巽"。退让。

⑬悄悄:忧愁的样子。

⑭愠(yùn):怒,恨。于:介词。表示被动。群小:指众多小人。

⑮觏(gòu):遭遇。闵:忧患。

⑯辟:用手抚心。有:通"又"。摽(biào):用手捶胸。

⑰居、诸:皆语助词。

⑱胡:何,为什么。迭:更迭。微:昏暗不明。

⑲浣衣:洗衣。

⑳奋飞:展翅高飞。

【评析】

　　这是卫国同姓贤臣忧谗悯乱之诗。此诗当作于卫顷公之时。顷公在位期间,政治混乱,小人当权,贤臣遭祸,国势衰败。卫国同姓贤臣,目睹国事之非,心存危亡之虑,于是作此诗以抒泄满腔的幽愤。全诗五章。一章写忧愁深重,无法排除。二章写满腔幽愤,无处倾诉。三章写矢志不渝,威仪不变。四章写为群小侵侮,捶胸自伤。五章写身处困境,不能奋飞。此诗情深辞婉,细密工整。至今读到"耿耿不寐,如有隐忧""我心匪鉴,不可以茹""我心匪石,不可转也""忧心悄悄,愠于群小""静言思之,不能奋飞"等诗句,还能体会到它震撼心灵的艺术感染力。

绿 衣

绿兮衣兮①,绿衣黄里②。　　绿色的外衣,黄色的内衣。
心之忧矣,曷维其已③。　　　心里忧伤,何时能停?

绿兮衣兮,绿衣黄裳④。　　　绿色的外衣,黄色的下裳。
心之忧矣,曷维其亡⑤。　　　心里忧伤,何时能够忘?

绿兮丝兮,女所治兮⑥,　　　绿色的丝线,是你亲手理过。
我思古人⑦,俾无訧兮⑧。　　我思念亡妻,使我没有差错。

绤兮绤兮⑨,凄其以风⑩。　　葛布有粗有细,穿在身上凉如风凄凄。
我思古人,实获我心⑪。　　　我思念亡妻,实在合我心意。

【注释】

①绿兮衣:即绿衣。兮:语助词。

②里:内衣。

③曷:何时。维其:语助词。已:停止。

④裳:下衣。

⑤亡:通"忘"。遗忘。

⑥治:梳理而编织。

⑦古人:即故人。指亡妻。

⑧俾(bǐ):使。訧(yóu):过错。

⑨绤(chī):细葛布。绤(xì):粗葛布。

⑩凄:寒凉。以:犹似,如。

⑪获:得,合。

【评析】

这是悼亡之诗。一对夫妻非常恩爱,然而天有不测风云,妻子先丈夫而去,致使梧桐半死,鸳鸯分飞,这给丈夫在心灵上造成极大的痛苦。全诗四章。前二章写睹物怀人。丈夫每当看到亡妻的遗物绿色的外衣和黄色的内衣,心中便涌起无限的悲伤。这悲伤之情何时才能停止!后二章写情意难忘。亡妻勤俭而贤惠。绿色丝线是她亲手梳理。她还常以善言相劝。我想起亡妻,就会使我无有过错。亡妻还心灵手巧。葛布衣裳是她亲手裁制,穿在身上凉爽如风。我想起亡妻,实在合我心意。此诗写得极为沉痛,令人不忍卒读。

燕　燕

燕燕于飞①,差池其羽②。
之子于归③,远送于野。
瞻望弗及④,泣涕如雨。

燕子双双飞翔,它的翅膀有前有后。
我的妹妹出嫁,远送到郊野不分手。
瞻望身影再不见,泪下如雨实难收。

燕燕于飞,颉之颃之⑤。
之子于归,远于将之⑥。
瞻望弗及,伫立以泣⑦。

燕子双双飞翔,忽而降下忽而升。
我的妹妹出嫁,送了一程又一程。
瞻望身影再不见,久久站立哭无声。

燕燕于飞,下上其音。
之子于归,远送于南。
瞻望弗及,实劳我心⑧。

燕子双双飞翔,叫声忽下又忽上。
我的妹妹出嫁,一直远送到南方。
瞻望身影再不见,真正使我心悲伤。

仲氏任只⑨,其心塞渊⑩。
终温且惠⑪,淑慎其身⑫。
先君之思⑬,以勖寡人⑭。

妹妹为人很真诚,她心胸宽广能容人。
既温和又恭顺,立身善良又谨慎。
叮嘱要我思先君,勉励寡人情意深。

【注释】

①燕燕:燕子。

②差(cī)池:参差不齐的样子。

③之子:这个女子。归:出嫁。

④弗:不。

⑤颉(xié):向上飞。颃(háng):向下飞。

⑥将:送。

⑦伫立:久立。

⑧劳:忧伤,愁苦。

⑨仲氏:次女。任:诚实。

⑩塞渊:厚道。

⑪终:既。惠:恭顺。

⑫淑:善良。

⑬先君:先父,前辈国君。

⑭勖(xù):勉励。寡人:国君自称。

【评析】

这是国君送妹远嫁之诗。全诗四章。前三章写送别的情景。每章首二句以燕子飞翔忽上忽下,兴比国君与妹妹出行于道,或前或后相互倾谈,依依不舍。妹妹出嫁,他送了一程又一程,一直送到郊外,送到南边。迎亲的车队渐渐远去,再也见不到妹妹的身影,他不禁潸然泪下,久立饮泣,劳念伤心。四章写妹妹的品德。这位妹妹心地诚实厚道,为人既温和又谦恭,既贤淑又谨慎。临行前夕,妹妹还以要思念先君的遗训来勉励他。

击 鼓

击鼓其镗①,踊跃用兵②。　　战鼓擂得咚咚响,士兵蹦跳着练刀枪。
土国城漕③,我独南行。　　　别人在国都筑城墙,我独从军到南方。

从孙子仲④,平陈与宋⑤。　　跟随统帅孙子仲,平定了小国陈与宋。
不我以归⑥,忧心有忡!　　　还是不让我回家去,忧愁的心儿多沉重。

爰居爰处⑦,爰丧其马⑧。　　只好在郊野暂留停,不料战马离了群。
于以求之⑨?于林之下。　　　不知到哪里去寻找?一直找到那密林。

死生契阔⑩,与子成说⑪。　　回想起和你共死生,那誓言耳里还留存。
执子之手,与子偕老。　　　　我曾紧拉你的手,与你偕老无二心。

于嗟阔兮⑫,不我活兮⑬。　　唉!相距遥远啊,叫我怎么活下去。
于嗟洵兮⑭,不我信兮⑮。　　唉!我本诚信啊,叫我怎么守诺言。

【注释】

①镗(táng):鼓声。

②踊跃:跳跃。用兵:操练兵器。

③土国:在国都兴建土木。城漕:在漕邑修筑城墙。

④孙子仲:军队统帅名。

⑤平:平定。陈、宋:皆国名。

⑥以:犹"使"。

⑦爰:语气助词。于何,在哪里。居、处:住下来。

⑧丧:丢失。

⑨于以:在何处。

⑩契阔:聚合。
⑪成说:订约。
⑫于嗟:叹词。叹息声。阔:遥远。
⑬不我活:不让我活。
⑭洵:诚信。
⑮不我信:不让我守信用。

【评析】

　　这是士兵厌战思归之诗。春秋时期,诸侯之间战争频仍。据《左传》记载,鲁宣公十二年,宋国攻打陈国,卫国出兵救援陈国。十三年,晋国不满意卫国救援陈国而出兵讨伐卫国。这可能就是此诗产生的历史背景。全诗五章。一章写应征入伍。二章写随帅出征。三章写驻守待命。四章写夫妻离别。五章写厌战思归。此诗全篇用赋。它从各个角度描写从军士兵的行为、心理和语言。文笔简练,形象传神,抒情真切动人。字里行间,充溢着对统治者的怨愤之情。

凯 风

凯风自南①,吹彼棘心②。　　和风从南方吹来,吹拂那枣树幼苗。
棘心夭夭③,母氏劬劳④。　　幼苗长得娇好,母亲非常辛劳。

凯风自南,吹彼棘薪。　　　　和风从南方吹来,吹拂那枣树成薪柴。
母氏圣善⑤,我无令人⑥。　　母亲圣明善良,我们一个个不成才。

爰有寒泉,在浚之下⑦。　　　有股寒冷的泉水,在浚邑下边流不停。
有子七人,母氏劳苦。　　　　儿女有七人,母亲依然很艰辛。

睍睆黄鸟⑧,载好其音⑨。　　美丽好看的黄鸟,能唱出美妙的歌声。
有子七人,莫慰母心。　　　　儿女有七人,却不能安慰母亲的心。

【注释】

①凯风:温和的风。

②棘心:小枣树。

③夭夭:柔嫩的样子。

④劬(qú):辛劳。

⑤圣善:圣明善良。

⑥令:善。

⑦浚(xùn):邑名。

⑧睍睆(xiàn huǎn):美好的样子。

⑨载:则。载好其音:即"其音则好"。

【评析】

　　这是感戴母恩之诗。全诗四章。前二章写母亲辛勤抚养子女。诗以温暖的南风吹拂"棘心""棘薪",兴比母亲把幼子抚养成人。母亲抚养子女该是多么辛劳!母亲为人又是多么圣明善良!而我们子女则不争气,都是些没有才德之人。后二章写子女自愧不能报答母恩。诗以浚邑之下的寒泉能滋润大地、美丽的黄鸟能唱出悦耳动听的歌声,反兴我们七个子女连"寒泉""黄鸟"也不如。因而使母亲辛劳,还不能安慰母亲的心,深感愧疚。

泉　水

毖彼泉水①,亦流于淇②。　　那涌流的泉水,一直流到淇河。
有怀于卫③,靡日不思④。　　我怀念故乡,无日不思念祖国。
娈彼诸姬⑤,聊与之谋⑥。　　那些美丽的侄娣,姑且去同她们商磋。

出宿于泲⑦,饮饯于祢⑧。　　我夜宿在泲地,饯饮在祢邑。
女子有行⑨,远父母兄弟。　　女子已经出嫁,远离了父母和兄弟。

问我诸姑,遂及伯姊。　　询问从嫁姐妹们,也与我的大姐商议。

出宿于干⑩,饮饯于言⑪。　我在干地夜宿,在言邑饯饮。
载脂载舝⑫,还车言迈。　　给车轴涂上油脂,只得掉转车身。
遄臻于卫⑬,不瑕有害⑭。　疾速回到卫国,这又有何不行?
我思肥泉⑮,兹之永叹⑯。　我思念肥泉,更增加长叹。
思须与漕⑰,我心悠悠。　　思念须邑和漕邑,我的忧思不断。
驾言出游,以写我忧⑱。　　只好驾车出游,为了排解忧烦。

【注释】

①毖:泉水涌流的样子。

②淇:水名。古为黄河支流。

③有:语助词。

④靡:无。

⑤娈(luán):美好的样子。诸姬:指从嫁的侄娣。

⑥聊:姑且。

⑦沬(jǐ):地名。

⑧饮饯:设酒宴送行。祢(nǐ):地名。

⑨有行:出嫁。

⑩干:地名。

⑪言:地名。

⑫载:语助词。脂:油脂。这里用作动词,用油脂涂抹。舝(xiá):同"辖"。车轴两端的铁键。

⑬遄(chuán):迅速。臻:至,到。

⑭不:语助词。瑕:胡,何。

⑮肥泉:水名。

⑯兹:通"滋"。增加。永叹:长叹。

⑰须、漕:皆邑名。

⑱写(xiè):宣泄。

【评析】

　　这是卫女思归之诗。诗中的主人公想必是一位诸侯夫人。她思归的原因,恐怕与卫国的政局有关。据史书记载,卫懿公在位时,狄人进攻卫国。卫师与狄人战于荧泽,结果卫国大败,卫懿公也战死。在宋国的帮助下,卫国流散的臣民暂时安顿在漕邑,并立新君卫戴公。卫女出于忧国之情,想回卫国去探问亲人。全诗四章。一章写商量回国。卫女的爱国深情就像那涌流的泉水注入淇河,她没有一天不在思念祖国。为此,她与贤惠的众姐妹商量,并决定回国。二、三章写回国受阻。她乘坐马车,朝卫国的方向行进。为了尽快赶路,于是给车轴涂上油脂。就在此时回国受阻。万般无奈,她只得掉转车头而行。四章写出游泄忧。她虽然不能回到卫国,但她的心却早已飞回卫国。她思念卫国的肥泉,不禁一声长叹;她思念卫国的须邑和漕邑,悲伤更是绵绵不断。这满腔的忧思无法排遣,她只得驾车出游以泄忧思。

北　风

北风其凉,雨雪其雱①。
惠而好我②,携手同行。
其虚其邪③,既亟只且④!

北风寒凉,大雪纷纷。
亲朋和好友,携手去投奔。
不能再磨蹭,情势很吃紧!

北风其喈⑤,雨雪其霏⑥。
惠而好我,携手同归。
其虚其邪,既亟只且!

北风呼呼响,大雪白茫茫。
亲朋和好友,携手奔他乡。
不能再磨蹭,情势很紧张!

莫赤匪狐⑦,莫黑匪乌⑧。
惠而好我,携手同车。
其虚其邪,既亟只且!

没有红的不是狐狸,没有黑的不是乌鸦。
亲朋和好友,携手快离家。
不能再磨蹭,情势很急啦!

【注释】

①雨雪:下雪。雱(páng):雪盛的样子。

②惠:友爱。好:友好。

③虚:从容不迫。邪:通"徐"。徐缓。

④亟(jí):急迫。只且(jū):语气助词。

⑤喈(jiē):猛烈。

⑥霏:纷飞的样子。

⑦莫赤匪狐:没有红的不是狐狸。

⑧莫黑匪乌:没有黑的不是乌鸦。

【评析】

　　这是刺虐之诗。全诗三章。诗以北风寒凉而猛烈、雨雪浓密而纷飞,比喻卫国政治黑暗、时局动荡;诗以没有红的不是狐狸、没有黑的不是乌鸦,比喻统治者都是一样残酷暴虐。在这种肃杀的氛围之中,诗人号召相互友爱的人们携手同行,逃离家乡,去寻找自己的生路;不要犹豫,不要徘徊,形势危殆,急不可待。读着此诗,我们仿佛看到在苛政下民众大批出逃的景象。

静　女

静女其姝①,俟我于城隅②。　善良的姑娘多美丽,等我就在城角里。
爱而不见③,搔首踟蹰④。　　故意隐藏不见面,急得我徘徊抓头皮。

静女其娈⑤,贻我彤管⑥。　　善良的姑娘多俊俏,赠我一把红管草。
彤管有炜⑦,说怿女美⑧。　　红草熠熠闪光辉,我爱红草颜色好。

自牧归荑⑨,洵美且异⑩。　　从野外赠我红管草,的确美丽又奇异。
匪女之为美,美人之贻。　　不是红草有多美,只因它是美人赠送的。

【注释】

①静女:淑女,善良的姑娘。姝(shū):美丽。

②俟(sì):等候。城隅:城角。

③爱:通"薆"。隐藏。

④搔首:抓头。踟蹰(chí chú):徘徊不定。

⑤娈(luán):美丽。

⑥贻:赠送。彤管:红管茅草。即下文的"荑"。

⑦炜(wěi):红而有光的样子。

⑧说怿(yuè yì):喜悦。女:代词。指代"彤管"。

⑨牧:野外。归:通"馈"。赠送。荑(tí):初生的丹茅。

⑩洵(xún):实在,的确。异:奇异。

【评析】

　　这是情人幽会之诗。全诗三章。一章写按时赴约。一对青年男女按时来到城角。姑娘为了逗乐,故意躲了起来,害得男友焦灼不安,抓着头皮来回走动。这"爱而不见,搔首踟蹰"二句写得极为传神。二、三章写幽会乐趣。姑娘突然露面了,男友顿时转忧为喜。姑娘赠给男友一件礼物——红管茅草。这礼物非同一般,它红光闪闪,鲜艳明丽。男友接过礼物,觉得它美丽无比。这件礼物极其珍贵,因为它是姑娘从野外亲手采摘而来特意赠给男友的。所以男友深情地赞美道:它的确美丽而奇异!并不是礼物有多美,因为它是美人所赠予。这里用否定的形式深化了诗意,使得此诗波澜起伏而又婉转多趣。

新　台

新台有泚①,河水弥弥②。　　河边新台红彤彤,河水漫漫多汹涌。
燕婉之求③,籧篨不鲜④。　　本想找个好丈夫,谁知嫁个丑老公。

新台有洒⑤,河水浼浼⑥。　　河边新台披锦绣,河水茫茫向东流。
燕婉之求,籧篨不殄⑦。　　本想找个好丈夫,谁知嫁个丑老头。

鱼网之设,鸿则离之⑧。　　设网捕鱼一场空,一只鸿雁落网中。
燕婉之求,得此戚施⑨。　　本想找个好丈夫,谁知嫁个驼背公。

【注释】

①新台:新修的楼台。泚(cǐ):鲜明的样子。
②弥弥(mí):水盛的样子。
③燕婉:指容貌美好的爱人。
④籧篨(qú chú):蛤蟆。不鲜:不美。
⑤洒(cuǐ):义同"泚"。
⑥浼浼(měi):水大的样子。
⑦不殄(tiǎn):义同"不鲜"。
⑧鸿:鸿雁。离:通"罹"。网得。
⑨戚施:驼背。

【评析】

这是讽刺卫宣公之诗。此诗包含着一个真实的故事。卫宣公一向荒淫无耻。他同庶母私通,生有一子名伋。太子伋长大后,准备娶齐女为妻。宣公听说儿媳很漂亮,就起了坏心思,想将儿媳占为己有。他恐怕齐女不顺从自己,就在河边修筑了一座新楼台,强行邀集相会,造成既成事实。国人憎恨宣公这一丑行,于是便写了《新台》这首诗来讽刺他。全诗三章。一、二章意思相同。前二句既是赋体,也是兴体。新台鲜明,河水弥漫,相互掩映,环境优美。这两句还是一种反兴,"将物之有,兴起自家之所无"。诗正是以新台鲜明,河水弥漫,反兴自己本想找一个年轻貌美的好配偶,不料却嫁给了一个类似蛤蟆的丑老头。三章前二句也是兴体。诗以"所得过所望"反兴"所得非所求"。诗言"人家设网为捕鱼,竟网得一只大鸿雁"。这是"所得过所望"。诗言"本想找一个年轻貌美的好配偶,不料却得到一个好似蛤蟆的丑老头"。这是"所得非所求"。两相对照,形成一种极大的情感反差,从而表达了诗人所嫁非所愿的怨愤之情。

鄘　风

墙有茨

墙有茨①,不可埽也②。
中冓之言③,不可道也。
所可道也,言之丑也。

墙有茨,不可襄也④。
中冓之言,不可详也。
所可详也,言之长也。

墙有茨,不可束也⑤。
中冓之言,不可读也⑥。
所可读也,言之辱也。

墙上有蒺藜,不能扫除走。
宫中的丑事,不可说出口。
若要说出口,那可真太丑。

墙上有蒺藜,不可拔除光。
宫中的丑事,不可详细讲。
若要详细讲,那话就太长。

墙上有蒺藜,不可去捆束。
宫中的丑事,不可说清楚。
若要说清楚,那可真羞辱。

【注释】

①茨(cí):蒺藜。

②埽:义同"扫"。

③中冓(gòu):宫中密室。

④襄:通"攘"。除去。

⑤束:捆束。

⑥读:诵说。

【评析】

这是揭露卫国宫廷生活腐朽糜乱之诗。全诗三章。此诗在艺术上有两个显著特点:一是以蒺藜隐喻宫中丑事,形象鲜明而又寓意深长。蒺藜满墙,不可除光;宫中丑事,无法细讲。蒺藜满墙,不可捆束;宫中丑事,道来污口。这些揭露真是痛快淋漓,入木三分。二是不言之言,让读者去想象。诗中反复陈说:"中冓之言""不可道也""不可详也""不可读也"。这虽未实指其丑事,但却自然而巧妙地揭露了宫中污浊至极、淫秽不堪的实质。

君子偕老

君子偕老,副笄六珈①。
委委佗佗②,如山如河,
象服是宜③。
子之不淑④,云如之何!

玼兮玼兮⑤,其之翟也⑥。
鬒发如云⑦,不屑髢也⑧。
玉之瑱也⑨,象之揥也⑩。
扬且之皙也⑪,胡然而天也⑫!
胡然而帝也⑬!

瑳兮瑳兮⑭,其之展也⑮。
蒙彼绉絺⑯,是绁袢也⑰。
子之清扬⑱,扬且之颜也⑲。
展如之人兮⑳,邦之媛也㉑。

她与夫君要偕老,插发玉簪闪银光。
她从容不迫很大方,如山稳重如河宽广,
彩绘服饰合身得当。
这个姑娘不善良,还有什么话可讲?

鲜明啊鲜明啊,是那绘有野鸡的礼衣。
乌发如云呈秀姿,不戴假发也美丽,
美玉制成的耳环,象牙做成的发簪,
额头方正又白皙,怎么这样像天仙!
怎么这样像天帝!

鲜明啊鲜明啊,是那红绉纱礼衣。
外面罩着葛布衫,贴身衬着白内衣。
她双眼明媚很有神,额头丰满多秀气。
像她这样的人啊,的确是倾国的美人。

【注释】

①副:首饰。类似后世的步摇。笄(jī):簪子。用以绾发。六珈(jiā):六种

玉饰。

②委委佗佗:雍容自得的样子。

③象服:饰有翟羽之象的衣服。宜:合身。

④不淑:不善。

⑤玼(cǐ):绚丽鲜明。

⑥翟(dí):指绣在象服上的山鸡彩羽。

⑦鬒(zhěn):发黑而稠。

⑧髢(dì):假发。

⑨瑱(tiàn):帽子两侧用以塞耳的玉。

⑩象之揥(tì):象牙制成的发簪之类。

⑪扬:前额。皙(xī):洁白。

⑫胡然:怎么样。

⑬帝:天神。

⑭瑳(cuō):色彩鲜艳。

⑮展:用绛色或白色的绉纱做成的礼服。

⑯蒙:罩着。绉绨:极细的葛布。

⑰绁袢(xiè fán):贴身的内衣。

⑱清扬:眉清目秀。

⑲颜:指前额丰满。

⑳展:副词。的确。

㉑媛:美女。

【评析】

这是讽刺国君夫人之诗。全诗三章。首章重在写国君夫人仪态之

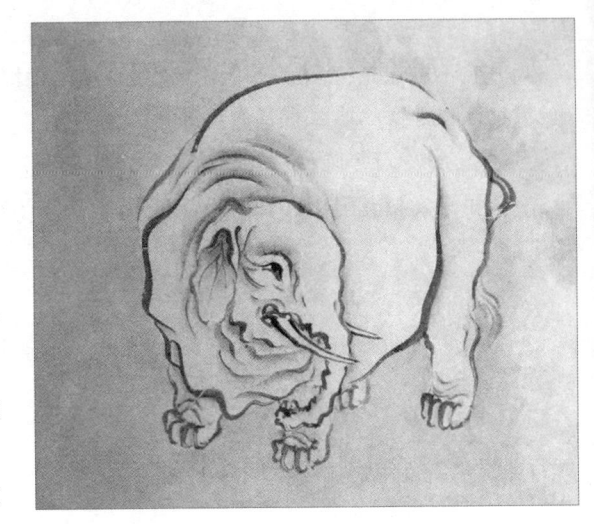

美。因是新婚,所以说她将与国君白头偕老。接着写她头上戴着许多首饰,显得很华美。她举止雍容不迫,显得很尊贵。她穿着彩绘礼服,也正好相配。可是这个美女品行不端,又把她怎么样?二章重在写国君夫人容貌之美。她穿着绣有雉羽的礼服,是多么灿烂鲜明!她的乌发如云,呈现出天然的秀姿。耳边的玉坠、头上的牙簪,耀眼夺目。她的额头晶莹洁白,宛若天仙降世,神女下凡。三章着重写国君夫人衣着之美。她身上穿着三层华装。外面是一层绛色礼服,中间是一层纤细葛衣,里面是一层白色内衣,都非常精致。在三层华装的映衬下,她显得更加晶莹白皙,眉清目秀。诗的结尾赞叹道:这样的人呀,的确是国内罕见的美女。诗的通篇都在描写国君夫人的仪态之美、容貌之美和衣着之美。唯首章末二句"子之不淑,云如之何"透露出诗人的讽刺之意,真可谓"辞益婉而意益深矣"。这位国君夫人是谁可不必深究。古今学者多认为是讽刺宣姜当也可信。宣姜本是卫宣公之子伋的未婚妻,后被宣公霸占。宣公死后,宣姜又与其庶子顽私通。可见,宣姜是个品行有污的女子。于是诗人写此诗对她加以讽刺。

相　鼠

相鼠有皮[①],人而无仪[②]。　　看老鼠还有皮,人却没有威仪。
人而无仪,不死何为[③]!　　　人若没有威仪,不死还有何意义?

相鼠有齿,人而无止[④]。　　　看老鼠还有齿,人却没有廉耻。
人而无止,不死何俟[⑤]!　　　人若没有廉耻,不死还等何时?

相鼠有体,人而无礼。　　　　看老鼠还有体,人却没有礼义。
人而无礼,胡不遄死[⑥]!　　　人若没有礼义,何不快点去死?

【注释】

①相:看。

②仪:仪表。

③何为:做什么。

④止:容止。

⑤俟(sì):等待。

⑥遄(chuán):快。

【评析】

这是讽刺统治者毫无廉耻之诗。老鼠是一种害人的动物。它不仅肮脏猥琐,而且窃粮毁物,行为丑恶,因而为人厌恶,受人诅咒。俗话说:"老鼠过街,人人喊打。"这表达了人们对老鼠的切齿之恨。此诗借鼠讽刺不顾礼义廉耻之人,是再恰当不过了。全诗三章,每章均运用反衬手法,将所刺之人与老鼠对比,大有人不如鼠之感。看老鼠还有皮、齿和体,而人却没有礼义。既然如此,还不如早点死去。诗中变换词语,斥责再三,一针见血,从而表达了人们对统治者强烈的憎恨之情。

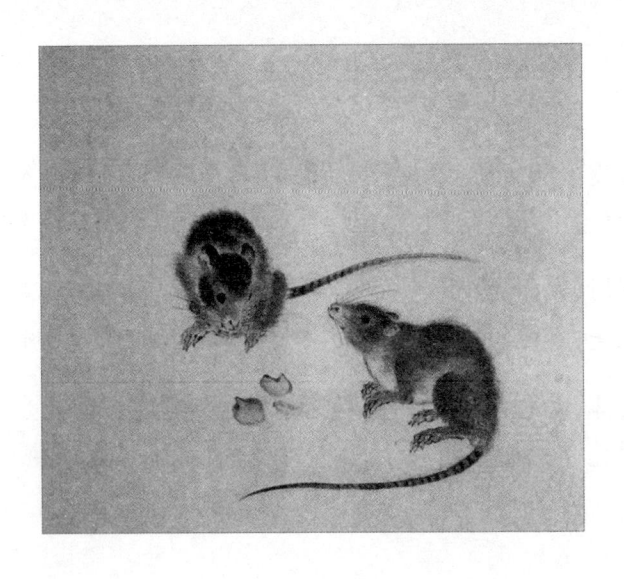

载　驰

载驰载驱①,归唁卫侯②。　　车轮快转不停留,回到故国吊卫侯。
驱马悠悠③,言至于漕④。　　策马奔向那长途,回到漕邑才罢休。
大夫跋涉⑤,我心则忧。　　大夫跋涉来劝阻,我的内心多忧愁。

既不我嘉⑥,不能旋反⑦。　　你们都说我不对,我也决不把车头转。
视尔不臧⑧,我思不远⑨。　　看你们的主张不高明,我的考虑不迂远。
既不我嘉,不能旋济⑩。　　你们都说我不对,我也决不渡河回许国。
视尔不臧,我思不閟⑪。　　看你们的主张不高明,我的考虑不闭塞。

陟彼阿丘,言采其蝱⑫。　　登上那座小山岗,把那贝母采一趟。
女子善怀⑬,亦各有行⑭。　　女子多愁又善感,也有各自的好主张。
许人尤之⑮,众稚且狂⑯。　　许人都来责备我,既幼稚又轻狂。

我行其野,芃芃其麦⑰。　　我行驶在故国的郊野,绿油油的麦子翻波浪。
控于大邦⑱,谁因谁极⑲？　　我要向大国去赴告,谁可依靠谁会来救亡?
大夫君子,无我有尤⑳。　　诸位大夫高贵的官长,不要埋怨我荒唐。
百尔所思,不如我所之㉑。　　你们即使有百般计,都不如我选择的方向。

【注释】

①载:语助词。驰、驱:策马飞奔。
②唁:吊问诸侯失国。卫侯:指卫文公。
③悠悠:道路漫长。
④漕:卫国邑名。
⑤大夫:指许国大夫。

⑥嘉:赞同。
⑦旋反:返回许国。
⑧臧:善。
⑨思:考虑。远:迂阔。
⑩旋济:渡河回去。
⑪閟(bì):闭塞。
⑫蝱(máng):药名。贝母。据说可治郁闷病。
⑬善怀:容易动情。
⑭行:道理。
⑮尤:责难。
⑯稚:不明事理。
⑰芃芃(péng):茂盛。
⑱控:赴告,陈述。
⑲谁因:谁可依靠。谁极:谁来救援。
⑳尤:过失。
㉑所之:指所选择的方向。

【评析】

这是许穆夫人回卫国吊问卫文公之诗。许穆夫人是我国历史上第一位有姓名可考的爱国女诗人。她是卫国国君的女儿,嫁给许国穆公夫人。卫文公刚继位时,国势大衰。她基于爱国之情,决定回卫吊问其兄文公,并出谋划策,为振兴卫献出自己的力量。全诗四章。一章写她不顾许国大夫的劝阻,毅然长驱返回卫国。二章写她批评许大夫阻止归国,实为不善之举,并坚信自己的考虑不迂阔,不闭塞。三章写她斥责许国大夫埋怨自己,真是幼稚无知,狂妄自大。四章写她的救国方略是赴告大国,争取外援。不难看出,诗中的爱国情思是深沉的,情与景的结合是自然的,所表现出的政治见识是卓绝的。

卫 风

考　槃

考槃在涧①,硕人之宽②。　　一间草棚在山涧,贤者心胸宽无限。
独寐寤言,永矢弗谖③。　　独睡独醒又独言,发誓此乐记心间。

考槃在阿④,硕人之薖⑤。　　一间草棚在山阿,贤者心胸多宽阔。
独寐寤歌,永矢弗过⑥。　　独睡独醒又独歌,发誓永远不离这山窝。

考槃在陆⑦,硕人之轴⑧。　　一间草棚在山陆,贤者内心乐悠悠。
独寐寤宿,永矢弗告⑨。　　独睡独醒又独宿,发誓此乐永远不吐露。

【注释】

①考槃(pán):陋室落成。考,成。槃,架木为屋。涧:溪涧。

②硕人:指贤者。宽:宽厚旷达。

③矢:通"誓"。发誓。弗谖:不忘。

④阿(ē):山阿。

⑤薖(kē):义同"宽"。

⑥过:他往。

⑦陆:高平的山野。

⑧轴:义同"宽"。

⑨弗告:不告诉他人。

【评析】

这是隐士之诗。全诗三章。每章意思基本相同。这位隐士居在山林一间草棚之中。他的心胸无限宽阔,虽居陋室,但他感到无比快乐。

他每天独睡、独醒、独言、独歌又独宿,并发誓永远不忘此乐,永远不离这山窝,永远不将此乐跟人说。他遁迹山林,独善其身,虽然是一种消极的办法,但是也曲折地透露出他对现实的不满与抗争。

硕　人

硕人其颀①,衣锦褧衣②。
齐侯之子③,卫侯之妻④。
东宫之妹⑤,邢侯之姨⑥,
谭公维私⑦。

手如柔荑⑧,肤如凝脂⑨。
领如蝤蛴⑩,齿如瓠犀⑪,
螓首蛾眉⑫。
巧笑倩兮⑬,美目盼兮⑭。

硕人敖敖⑮,说于农郊。
四牡有骄,朱幩镳镳⑯,
翟茀以朝⑰。
大夫夙退,无使君劳。

河水洋洋,北流活活⑱。
施罛濊濊⑲,鳣鲔发发⑳。
葭菼揭揭㉑。
庶姜孽孽㉒,庶士有朅㉓。

美女高大似玉立,锦衣上面披外衣。
她是齐侯的公主,卫侯的娇妻,
东宫的妹妹,邢侯的小姨,
谭公是她的妹婿。

手指像初生茅芽细软,皮肤像凝固膏脂白皙。
脖子像天牛颈儿柔嫩,牙齿像瓠瓜子儿整齐,
她前额宽广眉毛秀丽。
轻巧一笑现酒窝,眼波流动妩媚无比。

美女身段高又高,马车停留在近郊。
四匹公马多肥壮,马嘴红绸轻轻飘,
坐着彩车来上朝。
大夫早早就退去,不使国君太疲劳。

黄河的水一片汪洋,北流的水奔腾激荡。
撒网之声呼呼响,活蹦的鱼儿全落网,
河边的芦苇挺立青苍。
从嫁的姐妹飞彩流光,护嫁的武士器宇轩昂。

42

【注释】

①硕:高大。颀(qí):长大的样子。
②褧(jiǒng):麻布外衣。
③齐侯:指齐庄公。
④卫侯:指卫庄公。
⑤东宫:指齐太子得臣。
⑥邢侯:邢国的君主。
⑦谭公:谭国的君主。私:指庄姜姊妹的丈夫。
⑧荑:初生茅芽。
⑨凝脂:凝固的脂膏。
⑩蝤蛴(qiú qí):天牛的幼虫。
⑪瓠犀(hù xī):瓠瓜的子。
⑫螓(qín):蝉的一种。螓首,形容女子额头广而方。蛾:蚕蛾。蛾眉,形容女子眉毛弯长而秀美。
⑬巧笑:轻巧俏丽的笑。倩(qiàn):笑时面颊上露出酒窝。
⑭盼:眼珠黑白分明。
⑮敖敖:长大的样子。
⑯朱幩(fén):以红绸缠马嚼扇汗之用。镳镳(biāo):装饰美盛。
⑰翟茀(dí fú):饰有雉羽的彩车。
⑱活活(guō):流水声。
⑲施罛(gū):没网。濊濊(huò):鱼网入水声。
⑳鱣鲔(zhān wěi):鲤鱼、鲟鱼。发发(bō):鱼摆尾击水声。
㉑葭菼(jiā tǎn):芦荻。揭揭:高出的样子。
㉒庶姜:随从的众多齐女。孽孽(niè):盛饰的样子。
㉓庶士:随从的众多武士。朅(jiē):威武的样子。

【评析】

这是庄姜初嫁之诗。全诗四章。一章写她身材高大、服饰美盛以及出身高贵。二章写她美丽的容貌。诗中一连运用六个比喻,生动地刻画出她的手、肤、颈、齿、额、眉的美态。尤其是描写她一笑现出的两个酒窝,加之美目流转,波光闪动,则更加妩媚动人。三章写结婚仪式。她在城郊整妆,然后乘坐华丽的车子进入卫宫。各位大夫早早退朝,为的是不使国君过于劳累。四章写送嫁的盛况。诗以黄河水势茫茫,象征送嫁的车队浩浩荡荡;诗以撒网捕得鲜活肥壮的大鱼,象征卫侯夫妇婚姻幸福,欢乐无疆;诗以高大茂密的翠竹青荻,象征随嫁的众多齐女亭亭玉立,送嫁的众多武士英武雄壮。此诗描写女性之美十分出色。二章描写庄姜容貌美丽,宛若一幅美人图。其中"巧笑倩兮,美目盼兮"二句,化静为动,尤为传神。此外,叠字运用也富于特色。四章七句中就有六句连用叠字,这不仅描摹极工,而且音韵和谐,气势生动,情趣洋溢。

氓

氓之蚩蚩[1],抱布贸丝[2]。 男子满脸笑嘻嘻,抱着布匹来换丝。
匪来贸丝,来即我谋[3]。 他不是来换丝,是来跟我谈婚事。
送子涉淇,至于顿丘[4]。 那天送你过淇水,送到顿丘才转回。
匪我愆期[5],子无良媒。 不是我故意延婚期,是因为你不曾请好媒。
将子无怒[6],秋以为期。 请你千万别性急,婚期就订在秋天里。

乘彼垝垣[7],以望复关[8]。 登上那断墙,向着复关眺望。
不见复关,泣涕涟涟[9]。 看不见你身影,热泪往下淌。
既见复关,载笑载言。 终于看见你来了,又是笑来又是讲。
尔卜尔筮[10],体无咎言[11]。 你求过神问过卦,卦辞卦象都吉祥。
以尔车来,以我贿迁[12]。 把你的车赶来,把我的嫁妆装。

桑之未落,其叶沃若[13]。 桑树叶儿未脱落,它的叶儿多泽润。
于嗟鸠兮,无食桑葚[14]。 唉!斑鸠啊,千万不要吃桑葚。
于嗟女兮,无与士耽[15]。 唉!女子啊,不要和男子相厮混。

士之耽兮,犹可说也⑯。　　男子相厮混,还能脱开身。
女之耽兮,不可说也。　　　女子相厮混,便会误一生。

桑之落矣,其黄而陨⑰。　　桑树的叶儿离了枝,随风飘零色变黄。
自我徂尔⑱,三岁食贫⑲。　打我嫁到你家里,过了三年穷时光。
淇水汤汤⑳,渐车帷裳㉑。　淇河之水浩荡荡,溅到车的帷幔上。
女也不爽㉒,士贰其行㉓。　女子没过错,男子变心肠。
士也罔极㉔,二三其德㉕。　男子没定准,三心二意丧天良。

三岁为妇,靡室劳矣㉖。　　三年为妇不算短,一家活儿由我担。
夙兴夜寐,靡有朝矣㉗。　　起早睡晚多辛苦,天天如此没个完。
言既遂矣㉘,至于暴矣。　　现在生活有好转,竟然把我来摧残。
兄弟不知,咥其笑矣㉙。　　哥哥弟弟不知情,个个张口笑得欢。
静言思之,躬自悼矣㉚。　　静下心来想一想,独自悲伤心不甘。

及尔偕老,老使我怨。　　　当初发誓和我过到老,老来反使我更加怨。
淇则有岸,隰则有泮㉛。　　淇水总有个岸,低地总有个边。
总角之宴㉜,言笑晏晏㉝。　咱俩童年多欢乐,有说有笑浮眼前。
信誓旦旦㉞,不思其反㉟。　你赌咒发誓多诚恳,不料你违反这誓言。
反是不思㊱,亦已焉哉㊲。　违反誓言不把旧情念,那就算了吧想它也枉然!

【注释】

①氓(méng):民。此指女子的丈夫。蚩蚩(chī):嬉笑的样子。

②布:布匹。一说古人以布匹为货币。贸:购买。

③即:就。

④顿丘:地名。

⑤愆(qiān)期:拖延婚期。

⑥将:请。怒:性急。

⑦垝垣(guǐ yuán):断墙。
⑧复关:地名。氓所居之地。此代氓。
⑨涟涟:泪流不断的样子。
⑩卜:用龟甲占卜。筮(shì):用蓍草占卜。
⑪体:卜辞,卜象。无咎言:无凶辞。
⑫贿:指嫁妆。
⑬沃若:光泽的样子。
⑭桑葚(shèn):桑枣。
⑮耽(dān):沉溺,迷恋。
⑯说:通"脱"。解脱。
⑰陨(yǔn):坠落。
⑱徂(cú):往,出嫁。
⑲食贫:过贫苦的生活。
⑳汤汤(shāng):水盛的样子。
㉑渐:浸湿。帷裳:车的布幔。
㉒爽:差错。
㉓贰:不专一。
㉔罔极:没有准则。
㉕二三其德:三心二意,反复无常。
㉖靡室劳:不仅是室内劳动。
㉗靡有朝:不止一天。
㉘遂:心愿得到满足。
㉙咥(xì):大笑的样子。
㉚躬:自己。悼:悲伤。
㉛泮:通"畔"。水边。
㉜总角:束发。指童年。宴:欢乐。
㉝晏晏:温和。
㉞信誓:发誓。信,通"申"。旦旦:诚恳。
㉟反:违反。
㊱不思:不念旧情。

㊲已:罢了。焉哉:语气词。

【评析】

　　这是弃妇之诗。全诗六章。一章写甜蜜恋爱。二章写如期结婚。三章写自陷情网。四章写被弃之因。五章写受夫虐待。六章写痛苦决绝。此诗以弃妇的口吻,讲述了一个哀婉动人的婚姻悲剧故事。这位女子因是始爱终弃,故诗人从两人的恋爱、订婚、结婚一直写到男子变心自己被弃,故事情节比较完整而复杂。诗中的女子性格坚强,她一旦意识到丈夫已经变心,便决心不再回想,并与之一刀两断。更可贵的是,她还总结出这样深刻的教训:"于嗟女兮,无与士耽。士之耽兮,犹可说也。女之耽兮,不可说也。"这是多么沉痛又令人悲伤的心声啊!

竹　竿

籊籊竹竿①,以钓于淇。	竹竿长又尖,垂钓淇水边。
岂不尔思?远莫致之②。	难道不想你?路远无法见。
泉源在左③,淇水在右。	泉水在左侧,淇水在右边。
女子有行,远兄弟父母。	女子出嫁了,离开亲人很遥远。
淇水在右,泉源在左。	淇水在右边,泉水在左边。
巧笑之瑳④,佩玉之傩⑤。	轻巧一笑真够甜,身佩美玉步翩跹。
淇水滺滺⑥,桧楫松舟⑦。	淇水漫漫向东流,我俩曾一起荡过舟。
驾言出游,以写我忧⑧。	如今我一人驾车游,借以排遣内心忧。

【注释】

①籊籊(tī):细长的样子。

②致:达到。
③泉源:水名。即百泉。
④瑳(cuō):笑时露齿的样子。
⑤傩(nuó):行有节度。
⑥滺滺:水流的样子。
⑦桧(guì)楫:桧木制的桨。
⑧写:同"泻"。消除。

【评析】

　　这是男子失恋之诗。全诗四章。一章以垂钓于淇兴比往日的恋事。男子遥对女子说:难道我不想你吗？只是两地相距遥远,不能前往相见。二章说:百泉在左边,淇水在右边。这里正是他俩昔日游赏之地。如今她已出嫁,远离了父母兄弟,岂不令人触景伤情。三章说:淇水在右边,百泉在左边。这次他旧地重游,眼前又仿佛浮现出她那轻巧的笑容,多姿的倩影。四章说:淇水悠悠不停地流,似乎又在同她荡桨划舟。然而现在这只是一个梦。万般无奈,他只好驾车出游,借以排遣内心的忧愁。此诗叙事抒情含而不露,意境优美,做到了情景交融,令人读后觉得情味别致,余意无穷。

河 广

谁谓河广？一苇杭之①。　　谁说黄河面太宽？一叶扁舟便可渡彼岸。
谁谓宋远？跂予望之②。　　谁说宋国路太远？踮起脚尖能望见。

谁谓河广？曾不容刀③。　　谁说黄河面太宽？竟然容不下一条船。
谁谓宋远？曾不崇朝④。　　谁说宋国路太远，一个早上就能到那边。

【注释】

①苇：扁舟。杭：通"航"。渡。
②跂(qǐ)：踮起脚尖。予：而。
③曾：副词，竟。刀：同"舠"。小船。
④崇朝：一个早上。

【评析】

　　这是思乡之诗。全诗二章。此人想必是一个流浪者。他是宋国人，长期侨居卫国。由于思乡心切，于是唱出了这首悲歌。谁说黄河宽广？一叶扁舟就可以横渡过去。谁说宋国遥远？只要踮起脚

尖就可以望见。谁说黄河宽广？竟然容不下一只小船。谁说宋国遥远，一个早上就可以回到家园。黄河波涛翻滚，这能说不宽？所谓"一苇杭之""曾不容刀"，只是极力夸张黄河狭窄。宋国千里迢迢，这能说不远？所谓"跂予望之""曾不崇朝"，只是极力夸张宋国很近。此诗不写难归，反而极言其易，正是为了反衬其难，发人深思。

伯兮

伯兮朅兮①，邦之杰兮。
伯也执殳②，为王前驱③。

丈夫真英勇，他是国家的大英雄。
他手持长柄枪，替国君打仗当先锋。

自伯之东④，首如飞蓬⑤。
岂无膏沐⑥，谁适为容⑦？

自从丈夫去东方，我的头发乱如蓬。
难道没有润发油？丈夫不在为谁来美容？

其雨其雨，杲杲出日⑧。
愿言思伯⑨，甘心首疾⑩。

下雨吧下雨吧，偏出太阳红彤彤。
每当思念丈夫归，心甘情愿任头痛。

焉得谖草⑪？言树之背⑫。
愿言思伯，使我心痗⑬。

哪儿去找忘忧草？把它栽在北堂上。
每当思念丈夫归，使我心忧伤。

【注释】

①朅(jié)：勇武的样子。
②殳(shū)：似矛的兵器。
③王：指国君。前驱：先锋。
④之：往。
⑤首：代指头发。
⑥膏：油脂。此指润发油。沐：洗头。
⑦谁适为：即"为谁适"的倒序。适，语助词。容：修容打扮。

50

⑧杲杲(gǎo):明亮。
⑨愿:每。
⑩首疾:头痛。
⑪焉得:怎么得到。谖(xuān)草:又名萱草。忘忧草。
⑫树:栽种。背:北堂。
⑬痗(mèi):病。

【评析】

　　这是征妇之诗。全诗四章。一章写丈夫奉命出征。她的丈夫非常勇武,而且是卫国的俊杰。他手持武器,威风凛凛,站在队伍的前列,为国君担当先锋。二章写妇人刻骨思念。自从丈夫出征东方,她的头发乱如飞蓬。难道是没有发油洗头?是因为丈夫不在身边,为谁而修容打扮?三章写妇人盼夫早归。下雨吧,下雨吧,可是偏偏升起一轮红日。诗以此兴比妇人原本盼夫早归,然而至今杳无音信。每当她思念丈夫,便觉得心苦而头痛。四章写妇人忧思难除。哪里可得到忘忧草?把它种在北堂上。每当她思念丈夫,就使她心头疼痛。此诗取材典型。诗中写妇人无心修容的细节,就具有代表性和概括性。比喻也很新奇。诗以"飞蓬"比喻妇人头发纷乱,以"其雨"而"出日"比喻妇人盼夫而不归,非常生动而贴切。

木 瓜

投我以木瓜①,报之以琼琚②。　　她送我香甜的木瓜,我用佩玉报答她。
匪报也,永以为好也③。　　　　不是答谢她的礼物,是希望永开同心花。

投我以木桃④,报之以琼瑶⑤。　　她送我新鲜的木桃,我还赠她佩戴的琼瑶。
匪报也,永以为好也。　　　　　不是答谢她的礼物,是希望永远与相好。

投我以木李⑥,报之以琼玖⑦。　　她送我鲜美的木李,我回赠她佩戴的琼玖。
匪报也,永以为好也。　　　　　不是答谢她的礼物,是希望永远情深意厚。

【注释】

①投:赠送。木瓜:果类。
②报:回赠。琼:美丽。琚:佩玉。
③好:爱。
④木桃:桃子。
⑤瑶:玉。
⑥木李:李子。
⑦玖:黑玉。

【评析】

　　这是青年男女互赠礼物之诗。全诗三章。青年男女互赠礼物,作为定情的信物,以表永结同心之好。此诗为男子所唱。她送给我香甜的木瓜、新鲜的木桃、鲜美的李子,我用美丽的佩玉来回报。这不是什么回报,而是为了与她永远相好。须得说明的是,风诗的主题常在首章。二、三章写女子送给男子"木桃""木李",男子回赠女子"琼瑶""琼玖",只是为了便于吟唱的需要,而并不是说女子赠送男子三物,男子回赠女子三物。对此,不必过于拘泥。此诗语言珠圆玉润,音韵和谐,诗情精粹要约,便于吟诵。所以千古以来流传不衰。

王 风

黍 离

彼黍离离①,彼稷之苗②。
行迈靡靡③,中心摇摇④。
知我者谓我心忧,
不知我者谓我何求。
悠悠苍天,此何人哉⑤!

彼黍离离,彼稷之穗。
行迈靡靡,中心如醉。
知我者谓我心忧,
不知我者谓我何求。
悠悠苍天,此何人哉!

彼黍离离,彼稷之实。
行迈靡靡,中心如噎⑥。
知我者谓我心忧,
不知我者谓我何求。
悠悠苍天,此何人哉!

小米齐又高,高粱长出苗。
行走慢腾腾,心中晃摇摇。
了解我的,说我心烦恼;
不了解我的,问我把什么找。
高远的上天啊,是谁搞得如此糟?

小米排成队,高粱长出穗。
行走慢腾腾,心中如酒醉。
了解我的,说我心烦恼;
不了解我的,问我把什么找。
高远的上天啊,是谁搞得如此糟?

小米整齐齐,高粱长出米。
行走慢腾腾,心中如噎气。
了解我的,说我心烦恼;
不了解我的,问我把什么找。
高远的上天啊,是谁搞得如此糟?

【注释】

①黍(shǔ):小米。离离:行列的样子。

②稷(jì):高粱。
③行迈:行走。靡靡:迟缓的样子。
④中心:心中。摇摇:心神不定。
⑤此何人:这是什么人。
⑥噎(yē):咽喉哽塞。

【评析】

  这是忧国之诗。西周末年,犬戎攻入镐京,周幽王被杀,西周从此灭亡。周平王在诸侯援助下迁都洛邑,建立了东周。周大夫行役途经宗周故都,看见宫殿毁坏,长满庄稼,不胜古今之慨。全诗三章。每章前二句写途中所见之景。小米长得整整齐齐,高粱已经出苗,高粱已经抽穗,高粱已经结果。诗人见此荒凉景象,心中充满凄凉之情。每章后六句写满腹忧国之情。诗人徘徊于西京旧址,心里恍惚不定,心里如同酒醉,喉中如同哽塞,久久不忍离去。他边走边想,了解自己的人说是因为内心忧伤,不了解自己的人说是在寻找什么。诗最后对天呼问:遥遥的苍天啊,这种结局究竟是何人造成的呢?此诗每章开端借景抒情,景中含情;中间摹写忧心情态,极为传神;最后直呼苍天,含蓄蕴藉。

君子于役

君子于役①,不知其期。
曷至哉②？鸡栖于埘③,
日之夕矣,羊牛下来。
君子于役,如之何勿思④！

君子于役,不日不月⑤。
曷其有佸⑥？鸡栖于桀⑦,
日之夕矣,羊牛下括⑧。
君子于役,苟无饥渴⑨！

丈夫当兵上前方,不知日子有多长。
何时才能回家乡？鸡子进了窝,
太阳落西山,羊牛下山冈。
丈夫当兵上前方,怎么会不想？

丈夫当兵去前线,无日无月无期限。
何时回家能团圆？鸡子进了窝,
太阳下了山,羊牛进了栏。
丈夫当兵上前线,该不会受饥寒！

【注释】

①君子:指丈夫。于:语助词。役:服兵役或劳役。
②曷至:何时回。
③埘(shí):凿墙做成的鸡窝。
④如之何:怎么。
⑤不日不月:不能用日月计算。
⑥佸(huó):相会。
⑦桀:木栅栏的鸡舍。
⑧括:会聚。
⑨苟:尚,或许。

【评析】

　　这是妇人思念征夫之诗。全诗二章。每章前三句写役期之久。丈夫在外服役,不知役期多长,何时才能回家乡?丈夫在外服役,不能用日月计算,何时才能回家团圆?每章中三句写黄昏之景。黄昏时分,落日的余晖映照着山村。这时,鸡子已回了窝,羊牛已进了圈。这是妇人眼中之景,景中含情。鸡、羊、牛尚能按时回窝进圈,而自己的丈夫却久久不能回家。这黄昏之景与妇人盼夫不归的愁绪恰成鲜明的对比。每章末二句写思夫之切。丈夫在外服役这叫她怎能不思念?丈夫在外服役,但愿他无饥无渴。这几句充分表达了妇人对丈夫的深切思念与无限关爱。

扬之水

扬之水①,不流束薪②。
彼其之子③,不与我戍申④。
怀哉怀哉,曷月予还归哉⑤?

扬之水,不流束楚⑥。
彼其之子,不与我戍甫⑦。
怀哉怀哉,曷月予还归哉?

扬之水,不流束蒲⑧。
彼其之子,不与我戍许⑨。
怀哉怀哉,曷月予还归哉?

激扬的流水,流不走一捆柴薪。
家中的妻子啊,不能和我在申地驻屯。
怀念啊怀念啊,哪月我才能回家门?

激扬的流水,流不走一捆木棒。
家中的妻子啊,不能和我在甫地驻防。
怀念啊怀念啊,哪月我才能回家乡?

激扬的流水,流不走一捆蒲柳。
家中的妻子啊,不能和我在许地戍守。
怀念啊怀念啊,哪月我才能回去与家人聚首?

【注释】

①扬:激扬。

②束:捆。薪:柴。
③彼其之子:那个女子。此指戍卒之妻。
④戍:驻守。申:国名。姜姓。周平王的母家。在今河南唐河县境。
⑤曷:何。
⑥楚:荆条。
⑦甫:国名。即吕国。姜姓。在今河南南阳县境。
⑧蒲:蒲柳。
⑨许:国名。姜姓。在今河南许昌。

【评析】

这是征夫思妻之诗。全诗三章。每章前四句写戍卒与妻分离。激扬之水,不能流走"束薪""束楚""束蒲"。这可能是当时的俗语,隐喻夫妻间阻,不能团圆。所以诗接着说:那家中的妻子不能与我一同"戍申""戍甫""戍许"。这"申""甫""许"虽确有其国,但不必理解为这个戍卒转徙三地。这样写,只是为了重章换韵的需要。每章末二句写戍卒急盼归家。这个戍卒远离亲人,长期驻守,深感孤寂。他深深地叹息道:思念啊,思念啊,我何时才能返回家乡与亲人团聚呢?说明战争给人民带来的痛苦是多么深重!

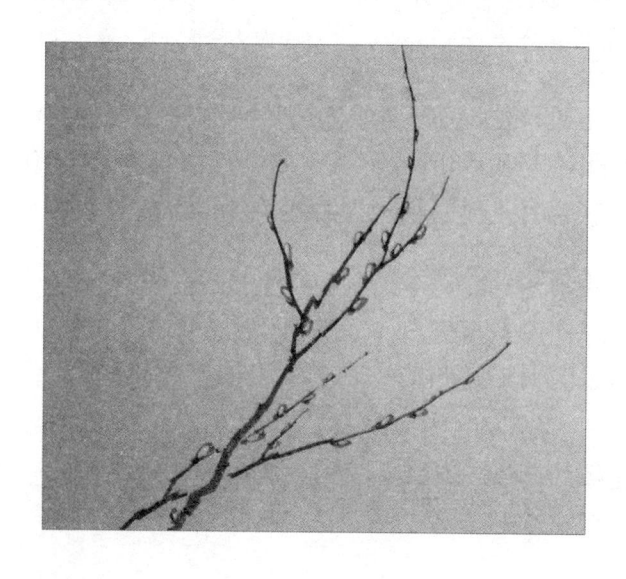

兔 爰

有兔爰爰①,雉离于罗②。
我生之初,尚无为③。
我生之后,逢此百罹④。
尚寐无吪⑤!

兔子逍遥自在,野鸡落进网来。
听说我们上代,不用为官府当差。
打我来到世上,遭到种种灾害。
还是睡吧别把口开!

有兔爰爰,雉离于罦⑥。
我生之初,尚无造⑦。
我生之后,逢此百忧。
尚寐无觉!

兔子逍遥自在,野鸡上了圈套。
听说我们上代,没有许多骚扰。
打我来到世上,遭到种种烦恼。
还是睡吧别再醒了!

有兔爰爰,雉离于罿⑧。
我生之初,尚无庸⑨。
我生之后,逢此百凶。
尚寐无聪⑩!

兔子逍遥自在,野鸡落入罗网。
听说我们上代,劳役有个限量。
打我来到世上,千辛万苦备尝。
还是睡吧落个耳根清爽!

【注释】

①爰爰(yuán):逍遥自在的样子。
②雉(zhì):野鸡。离:遭到。罗:网。
③为:指徭役。
④百罹(lí):多种忧患。
⑤吪(é):动。
⑥罦(fú):带有机轮的罗网。古名覆车。
⑦造:义同"为"。
⑧罿(chōng):捕鸟的网。

⑨庸:劳役。
⑩聪:听觉。

【评析】

这是百姓苦于劳役而思死之诗。全诗三章。每章首二句为兴体。形象鲜明,寓意深刻,发人深思。诗以狡兔逍遥自在,兴比统治者骄奢淫逸;诗以野鸡陷入罗网,兴比老百姓惨遭不幸。每章中三句写怀旧情绪。这是一个动荡而黑暗的时代,百姓在苦难中挣扎呻吟。面对这一切,诗人心里便产生一种怀旧的情绪。他感叹道:往日天下还算无事,可如今却遭到多种忧患。思前想后,这怎么不令人悲伤。每章末句写厌世思死。他继而一想,即使愁思满怀,这又有何用?还不如酣然长睡,不要动,不要醒,不要听。说白了,逃脱苦难的方法只有一条:唯有一死。这是多么令人寒心的事啊!

采 葛

彼采葛兮①,
一日不见,如三月兮!

彼采萧兮②,
一日不见,如三秋兮③!

彼采艾兮④,
一日不见,如三岁兮!

那位采葛的女子,一天不见面,就像过了三月整!

那位采萧的女子,一天不见面,就像过了整三季!

那位采艾的女子,一天不见面,就像过了整三年!

【注释】

①彼:她。
②萧:香蒿。又名荻。
③三秋:三个季节。

④艾:菊科植物。制成艾绒,可以灸病。

【评析】

　　这是男子相思之诗。全诗三章。他所爱恋的那个女子,采葛去了,采萧去了,采艾去了。他一天不见面,好像分别了三个月,三个季度,三个年头。此诗抓住因离别相思而感觉时间特别久长这一典型心理,用率真的语言反复咏唱。时间由"三月"到"三秋",由"三秋"到"三岁",情感的发展也愈益浓烈。诗意单纯明朗而又情致绵长,是典型的民歌风调。"一日三秋"已成为一句成语,至今还经常为人们所运用。

大　车

大车槛槛①,毳衣如菼②。
岂不尔思,畏子不敢!

大车啍啍③,毳衣如璊④。
岂不尔思,畏子不奔!

穀则异室⑤,死则同穴⑥。
谓予不信⑦,有如皦日⑧。

大车行进隆隆响,你身着毛衣颜色亮。
难道我不把你想?怕你出奔没胆量。

大车行进响隆隆,你身着毛衣如玉红。
难道我不把你想?怕你胆怯不敢私奔。

活着不能成夫妻,死后同葬在一起。
若说我的誓言不诚信,头上日月可做证!

【注释】

①大车:牛车。槛槛:车行声。
②毳(cuì)衣:古代冕服。毛织衣。菼(tǎn):初生的芦荻,其色淡青。
③啍啍(tūn):车行声。
④璊:红色的玉。
⑤穀:活着。
⑥穴:墓穴。
⑦谓:说。信:诚实。
⑧皦(jiǎo)日:白日。

【评析】

　　这是女子劝男子出奔之诗。全诗三章。一、二章写女子劝男子出奔。大车行进隆隆响,你身着毛衣颜色亮。难道我不把你想,只怕你出奔没胆量。诗言"畏子不敢""畏子不奔",正是为了激励男子鼓起勇气,冲破阻力,一同出奔异乡。三章写女子表白忠贞的爱情。咱俩活着不能成夫妻,死后也要同葬在一起。如说我的誓言不诚信,有日月可做证。诗中"穀则异室,死则同穴"是我国最早的爱情誓言。它鼓舞着后世青年为争取婚姻自由而斗争。

郑 风

缁 衣

缁衣之宜兮①,敝予又改为兮②。　多么合身的一件黑袍,穿破了再为你做一套。
适子之馆兮③,还予授子之粲兮④。　先到客舍去歇息,回来我给你摆佳肴。

缁衣之好兮⑤,敝予又改造兮⑥。　多么好看的一件黑袍,穿破了再为你做一套。
适子之馆兮,还予授子之粲兮。　先到客舍去歇息,回来我给你摆佳肴。

缁衣之蓆兮⑦,敝予又改作兮。　多么舒服的一件黑袍,穿破了再为你做一套。
适子之馆兮,还予授子之粲兮。　先到客舍去歇息,回来我给你摆佳肴。

【注释】

①缁(zī)衣:黑色的衣服。宜:合身。
②敝:破旧。改为:再做。
③适:往,到。
④授:供给。粲:精米。
⑤好:合体。
⑥改造:义同"改为"。
⑦蓆:宽大。

【评析】

这是赞美郑武公好贤之诗。全诗三章。每章意思大体相同。黑色的衣服穿在身上是多么合身,多么美观,多么舒适,如果破旧了,我为你再做一套新的。你先到客舍去歇息,回来后我还要为你摆上精美的宴席。全诗反复吐露的是厚待贤士的一片殷勤之意。在古代,人们把《缁衣》当作好贤的代表作。如《礼记·缁衣》说:"好贤如《缁衣》,恶恶如《巷伯》。"这就明确地道出了《缁衣》的主题是"好贤"。

将仲子

将仲子兮①,无逾我里②,
无折我树杞③。
岂敢爱之?畏我父母。
仲可怀也④,父母之言,
亦可畏也。

将仲子兮,无逾我墙,
无折我树桑。
岂敢爱之?畏我诸兄。
仲可怀也,诸兄之言,
亦可畏也。

将仲子兮,先逾我园⑤,
无折我树檀⑥。
岂敢爱之?畏人之多言。
仲可怀也,人之多言,
亦可畏也。

请求仲子啊,不要翻越我家墙,
不要把墙边的杞树折断。
我岂敢爱惜这小树?实在害怕我父母。
仲子你虽令人怀念,可是父母的言语,
也可怕。

请求仲子啊,不要翻越我家墙,
不要把墙边的桑树折断。
我岂敢爱惜这小树?实在害怕我兄弟发现。
仲子你虽令人怀念,可是兄弟的言语,
也可怕。

请求仲子啊,不要翻越我家墙,
不要把墙边的檀树折断。
我岂敢爱惜这小树,实在害怕外人的闲言。
仲子你虽令人怀念,可是外人的闲言,
也可怕。

【注释】

①将(qiāng):请求,希望。仲子:男子名。

②逾:翻越。里:里墙。
③树杞(qǐ):杞树,杞柳。
④仲:仲子的省称。
⑤园:园墙。
⑥树檀(tán):檀树。

【评析】

　　这是女子劝告男友之诗。全诗三章。诗中的女子性格柔弱。她的男友冒失地翻越院墙,前来与她幽会。面对男友的这一举动,她非常害怕。于是她劝告男友说:希望你今后不要翻越院墙,不要折断树枝。我岂敢爱惜这些小树,实在是害怕父母诸兄及外人发现。你虽然令人思念,但是父母、诸兄及外人之言也很可怕。此诗表现的是一种矛盾的情思,一方面怀念男友仲子,另一方面又不赞同他越墙幽会的鲁莽做法。父母、诸兄的责难,社会舆论的压力,像一片乌云笼罩在她的心头。此诗将这种复杂的情感表现得恰到好处。它意脉婉转曲折,反复回环,显得真实自然而又蕴藉动人。

女曰鸡鸣

女曰"鸡鸣",士曰"昧旦①"。
"子兴视夜,明星有烂②。"
"将翱将翔,弋凫与雁③。"

"弋言加之④,与子宜之⑤。
宜言饮酒,与子偕老。
琴瑟在御⑥,莫不静好⑦。"

"知子之来之⑧,杂佩以赠之⑨。
知子之顺之⑩,杂佩以问之⑪。
知子之好之,杂佩以报之。"

妻说:"鸡已叫了。"夫说:"天刚破晓。"
妻说:"你起床看看天,启明星光闪闪。"
夫说:"我就去游猎,射那野鸭和大雁。"

妻说:"你射中野禽,我给你做佳肴。
有了佳肴好下酒,与你一起过到老。
你弹琴来我鼓瑟,生活宁静又美好。"

夫说:"知道你对我殷勤,我赠饰物表真心。
知道你对我情挚柔顺,我赠饰物以表慰问。
知道你对我真心好,我赠饰物以作回报。"

【注释】
①昧旦:天色将明未明时。
②明星:启明星。有烂:明亮。
③弋(yì):用箭射猎。凫(fú):野鸭。
④言:语助词。加之:射中野禽。
⑤宜之:将野禽做成美味食物。
⑥御:调理。
⑦静好:平静美好。
⑧来:通"勑"。殷勤。
⑨杂佩:各种佩饰之物。
⑩顺:和顺。
⑪问:赠送。

【评析】

　　这是反映夫妻和美生活之诗。全诗三章。诗中写的是凌晨时猎人夫妻间一场精彩对话。妻子说："鸡已叫了。"丈夫则说："天刚破晓。"妻子又催促说："你起来看看夜空,启明星已经很亮了。"丈夫接着说："我就起来,到四处去游猎,射那野鸭和大雁。"妻子听罢,便温情脉脉地说："你射中野禽,我来做成美味菜肴。咱俩一边品尝野味,一边尽兴饮酒,与你白头偕老。愿你我之情如同琴瑟之音那样和谐,永远生活得宁静而美好。"丈夫听到这番甜言柔语,深受感动。他不禁深情地说："知道你对我盛意相爱,我才赠饰物以表情怀;知道你对我情挚柔顺,我才赠饰物以表慰问;知道你对我真心相好,我才赠饰物以作回报。"此诗采用人物对话的形式,由事入情,浮想联翩,将这对夫妻和谐融洽的生活、情挚意永的恩爱,表现得惟妙惟肖。

山有扶苏

山有扶苏①,隰有荷华②。　　山上有鲜美的扶苏,洼地有明丽的荷花。
不见子都③,乃见狂且④!　　不见子都美男子,却见一个坏娃娃。

山有乔松⑤,隰有游龙⑥。　　山上有高大的青松,洼地有鲜红的游龙。
不见子充⑦,乃见狡童⑧!　　不见子充美男子,却见一个小顽童。

【注释】

①扶苏:青桑。

②荷华:荷花。

③子都:美男子通称。

④乃:连词。却。狂且(jū):狂徒。且,通"狙"。猴子。

⑤乔松:高松。

⑥游龙:马蓼。

⑦子充:义同"子都"。

⑧狡童:狡猾的少年。

【评析】

　　这是女子戏谑男子之诗。全诗二章。每章首二句为兴体。诗以"扶苏""乔松"与"荷华""游龙"对举,隐喻男女成双成对。每章后二句为女子戏谑男子之词。诗中的女子也许是前去与男子约会的。见面时不料这男子行为不够检点,言语也不够文雅,于是她半娇半嗔,连戏带骂将男子嘲笑了一番。这女子说道:"不见子都美男子,却碰上个轻狂的坏娃娃!""不见子充美男子,却碰上个狡猾的坏少年!"这"狂且""狡童"均为戏谑之语,而并非贬词。当时戏称情人为"狂且""狡童"似乎是一种习俗。

狡　童

彼狡童兮^①,不与我言兮。　　那个小坏蛋,不再跟我说话。
维子之故^②,使我不能餐兮。　因为你的缘故,我连饭也吃不下。

彼狡童兮,不与我食兮。　　　　那个小坏蛋,不再跟我吃饭。
维子之故,使我不能息兮^③。　因为你的缘故,我连觉也睡不安。

【注释】

①狡:狡猾。

②维:连词。因为。子:代狡童。

③息:安睡。

【评析】

这是女子失恋之诗。全诗二章。此诗虽然短小,但是诗意丰厚,韵味无穷。诗中的一对情人原本情投意合,成天有说有笑,还经常一同进餐,好不亲热。但后来不知何故,那"狡童"一反常态,再也不跟她谈笑了,也不跟她一同吃饭了。为了这个缘故,使她饭也吃不下,觉也睡不好。相思之苦,幽怨之情,便从这"不能餐""不能息"中流露出来。另有"谑词"说值得一提。那"狡童"并非真的"不与我言""不与我餐",这只不过是假托男子如此罢了。因此,这"不能餐""不能息",只是女子故作娇态,纯属调谑之语。似乎不如此,就不足以表达她对那"狡童"的挚爱之情。此说很富情趣。郑国的女子在爱情上多热情大胆。为了表达爱情,她们有时故意撒娇,忸怩作态。因而谑词的可能性也是存在的。

褰 裳

子惠思我①,褰裳涉溱②。
子不我思,岂无他人?
狂童之狂也且③!

子惠思我,褰裳涉洧④。
子不我思,岂无他士⑤?
狂童之狂也且!

你要是爱我想我,就提起裤腿蹚过溱河来。
你要是不想我,难道没有别人可爱?
你这个没头脑的傻小崽!

你要是爱我想我,就提起裤腿蹚过洧河来。
你要是不想我,难道没有别人可爱?
你这个没头脑的傻小崽!

【注释】

①惠:爱。
②褰(qiān):提起。溱(zhēn):水名。
③狂童:傻小子。也且:语助词。
④洧(wěi):水名。
⑤士:男子的通称。

【评析】

　　这是情人相会之诗。全诗二章。诗中写的是一对情人相会的动人情景:脚下清清的河水,将他俩隔在两岸。女子对她的情人说:你要是爱我,就提起裤腿蹚过河来。你如果不想我,难道我就没有他人可爱?你这个头号的大傻瓜。"子不我思,岂无他人"不单是开玩笑,其中还有挑战的意味。这是勇敢而热情的试探,其意是要男子当机立断,明确表态。结尾的"狂童之狂"则是明显的戏谑之语。不难看出,这是一个性格活泼、热情大胆而又诙谐多趣的女子。

风　雨

风雨凄凄①,鸡鸣喈喈②。
既见君子,云胡不夷③?

风雨潇潇④,鸡鸣胶胶⑤。
既见君子,云胡不瘳⑥?

风雨如晦⑦,鸡鸣不已⑧。
既见君子,云胡不喜?

风吹雨打冷清清,喔喔鸡叫声不停。
已经看见情人到,心头潮水立即平。

急风暴雨声潇潇,听见鸡儿喔喔叫。
已经看见情人到,心头百病一齐消。

一夜风雨黑沉沉,鸡儿喔喔叫不停。
已经看见情人到,喜在眉头笑在心。

【注释】

①凄凄:寒凉。

②喈喈(jiē):鸡叫声。

③云:语助词。胡:何。夷:平。

④潇潇:风雨声。

⑤胶胶:鸡叫声。

⑥瘳(chōu):病愈。

⑦晦:昏暗。

⑧不已:不止。

【评析】

　　这是女子期待情人前来相会之诗。全诗三章。每章意思基本相同,只是意有轻重之别罢了。这次相会约定在晚间。不料刮起了凄风,下起了苦雨。这潇潇的风雨声灌进女子的耳中,真是"别有一番滋味在心头"了。随着沉沉黑夜中风雨的加剧,她在焦灼的期待中又滋生了一些担忧的情绪。她从傍晚一直等到半夜鸡叫,又一直等到天快发亮。就在鸡叫三遍,黑夜将逝的当儿,她突然看见久久盼望的情人来了。刹那间她眼前的愁云消散了,翻滚的思潮平静了,萦回的忧虑解除了,幸福的笑影飞上了眉梢。诗中"云胡不夷""云胡不瘳""云胡不喜"三句,便将这个女子刹那间的心理变化、感情起伏表达了出来。诗先用"凄凄""潇潇"的风雨,"喈喈""胶胶"的鸡鸣,渲染出凄苦缠绵的心理氛围,寄托女子的愁思;既而用这种愁思来反衬"既见君子"的欣喜之情,收到了强烈的艺术效果。

子 衿

青青子衿①,悠悠我心②。
纵我不往,子宁不嗣音③?

青青子佩④,悠悠我思。
纵我不往,子宁不来?

挑兮达兮⑤,在城阙兮⑥。
一日不见,如三月兮!

青青的是你的衣领,悠悠的是我的真心。
纵然我没有去找你,你难道就不能捎个信?

青青的是你的佩带,悠悠的是我的情怀。
纵然我没有去找你,你难道就不能前来?

走来走去无数趟,在这高城望楼上。
一天不见你的面,如同三月那么长。

【注释】

① 子:你。衿(jīn):衣领。
② 悠悠:忧思深长的样子。
③ 宁:副词。难道。嗣音:寄信;捎信。
④ 佩:佩玉的绶带。

⑤挑、达(tà):来回走动的样子。
⑥城阙:城门楼。

【评析】

　　这是女子焦灼地等候情人之诗。全诗三章。一、二章写女子思望之情。她在城阙上等了一会儿,但不见情人的身影。她的眼前浮现出情人青青的衣领、青青的绶带,一腔忧思之情不禁油然而生。她心里不免埋怨起情人来了。她想:纵然我没有去,难道你就不能主动捎个信来?纵然我没有去,难道你就不能亲自前来?末章写女子思望之态。她久等情人,还不见来,急得在"城阙"上来回走动。"挑兮达兮"一句,生动地表现了她急切期待、焦躁不安的心情。结尾两句,用夸张的笔墨,抒发了女子深沉的思念之情。一天没见着情人,好似隔了三月之久。这正是欢娱觉时短,忧思恨时长。在表达女子相思之苦上,此诗是很真切自然的。

扬之水

扬之水①,不流束楚②。	激扬的流水,流不走一捆荆棘。
终鲜兄弟③,维予与女。	没有哥来没有弟,只我和你在一起。
无信人之言,人实迋女④。	不要相信他人的话,他人是在欺骗你。
扬之水,不流束薪⑤。	激扬的流水,流不走一捆柴薪。
终鲜兄弟,维予二人。	没有哥来没有弟,只我和你两个人。
无信人之言,人实不信。	不要相信他人的话,他人实在不可信。

【注释】

①扬:激扬。
②流:载、负托。束楚:一束荆条。
③鲜:少。

④诳(kuāng):通"诳"。欺骗。
⑤束薪:一束柴草。

【评析】

这是妻子希望丈夫不要轻信人言之诗。全诗二章。每章首二句为兴体。诗以激扬之水不能流走"束楚""束薪",兴比夫妻关系受到阻碍。此诗中的夫妻关系就发生了破裂,其原因是丈夫听信了外人的逸言。每章后四句是写妻子劝丈夫之词。她动之以情,晓之以理,耐心地劝说丈夫。她深情地说:"我没兄来没有弟,只有咱俩在一起。"这言词是何等恳切,这感情是何等真挚!她是多么希望能和丈夫同舟共济,白头偕老啊!接着她又坦诚地说:"千万莫信他人言,他人是在哄骗你!"这番话入情入理,既戳穿了逸言的欺骗性,同时也表白了她对丈夫的忠贞。如此火热的话语,丈夫听了也许会为之动情。至于后来如何,就只好留待读者自己去想象了。

出其东门

出其东门①,有女如云。
虽则如云,匪我思存②。
缟衣綦巾③,聊乐我员④。

出其闉闍⑤,有女如荼⑥。
虽则如荼,匪我思且⑦。
缟衣茹藘⑧,聊可与娱⑨。

走出东门去踏青,美丽的姑娘如彩云。
虽然姑娘如彩云,都不是我的意中人。
只有那位白衣青头巾,才能使我心欢欣。

走出城门去玩耍,美丽的姑娘如茅花。
虽然姑娘如茅花,都不是我想念的意中人。
只有那位白衣红头巾,才能使我心欢洽。

【注释】

①东门:郑国城门。
②匪:非,不是。思存:想念。
③缟(gǎo):白色。綦(qí):暗绿色。

④聊:姑且。员:语助词。
⑤闉阇(yīn dū):外城的城门。
⑥荼(tú):草开的茅花。
⑦思且:同"思存"。
⑧茹藘(rú lǘ):茜草。
⑨娱:欢娱。

【评析】

　　这是男子钟情一位女子之诗。全诗二章。此诗所写是诗人春天出游时的所见所感。诗人走出东门一看,出游的女子多极了,宛若天上的云朵。"如云"二字正是形容游女众多。再仔细一瞧,游女岂只是众多,而且如同遍野的白茅花。"如荼"二字正是形容女子貌美。诗人如此运笔,是别有用意的。所以接下去笔锋一转,一个"虽"字便道出了正意。游女虽多且美,但都不是他所思念的人。他在众多的游女之中,只看中了一位衣着朴素的贫女。那位白衣青巾的姑娘,才是他所爱的人,因此愿与她一同游乐。诗用"如云"与"一位"对比,表明他对爱情的专一;用"如荼"与"缟衣綦巾"对比,表明他在爱情选择上的坚贞。运用这种对比手法,使全诗显得形象鲜明,情感真挚。

野有蔓草

野有蔓草①,零露漙兮②。　　　野外有蔓草,露珠颗颗圆。
有美一人,清扬婉兮③。　　　　有位美女子,水汪一双眼。
邂逅相遇④,适我愿兮⑤!　　　不期而相会,正合我心愿。

野有蔓草,零露瀼瀼⑥。　　　　野外有蔓草,露珠闪银光。
有美一人,婉如清扬⑦。　　　　有位美女子,眼睛水汪汪。
邂逅相遇,与子偕臧⑧。　　　　不期而相会,相爱心舒畅。

【注释】

①蔓草:细长的蔓生草。
②零:落。漙(tuán):露水结成珠。
③清扬:眼珠灵活有神。婉:美好。
④邂逅(xiè hòu):偶然碰见。
⑤适:合。
⑥瀼瀼(ráng):露多的样子。
⑦如:然。
⑧偕臧:相好,相爱。

【评析】

这是男女不期而遇之诗。全诗二章。每章首二句写景。田野里长满蔓草,草上挂满了晶莹的露珠,在旭日拂照下闪闪发光,耀眼夺目。这既是赋,又是兴,以秀美的景色兴比女子貌美。每章中二句写人。这个女子有一对水汪汪的大眼睛,那眼珠儿滴溜溜的,很有神采,如同草尖上的露珠儿,晶莹闪动,漂亮极了。诗仅用"清扬婉"三字便将她的美貌活灵活现地勾勒了出来，真是"以少总多"的传神之笔。每章末二句抒情。这男子一见钟情。偶然相遇，在他的心里就播下了爱情的种子。他暗自想道："这女子真合我的心愿！"之后，这种爱慕之情愈益浓烈。他便直截了当地向女子表白道："我们相爱吧！"多么大胆，多么率直！这种求爱方式的原始性，反映了当时郑国的婚姻习俗。

溱洧

溱与洧，方涣涣兮①。
士与女，方秉蕑兮②。
女曰："观乎？"
士曰："既且。③"
"且往观乎④？
洧之外，洵訏且乐！⑤"
维士与女，伊其相谑⑥，
赠之以勺药⑦。

溱与洧，浏其清矣⑧。
士与女，殷其盈矣⑨。
女曰："观乎？"
士曰："既且。"
"且往观乎？
洧之外，洵訏且乐！"
维士与女，伊其将谑⑩，
赠之以勺药。

溱水和洧水，波涛正茫茫。
小伙和姑娘，手持泽兰香。
女说："去观赏吧？"
男说："已去好几趟。"
女说："再去观赏吧？
洧水边上，的确场面大，人欢畅。"
小伙和姑娘，有说有笑心花放，
将芍药赠对方。

溱水和洧水，水波泛清流。
小伙和姑娘，来来往往水边游。
女说："一同游一游？"
男说："已经走了走。"
女说："再去走一走？
洧水边上，的确场面大，乐悠悠。"
小伙和姑娘，你撩我也逗，
互赠芍药喜心头。

【注释】

①涣涣:水流弥漫的样子。

②秉:手持。蕳(jiān):泽兰。

③且:同"徂"。往,去。

④且:再。

⑤洵(xún):副词。的确。訏(xū):大。

⑥伊:语助词。谑(xuè):调笑。

⑦勺药:香草名。

⑧浏:水清的样子。

⑨殷:众多。

⑩将:相互。

【评析】

　　这是女子邀约男友春游之诗。全诗二章。每章前四句写环境之美与场面之大。那溱、洧二水,一到春天就碧绿澄清,浩浩荡荡。这不仅点明了三月桃花水涨的节令,还为春日的盛会添加了壮美的背景。每当此时,青年男女就手持兰草,纷纷从各地赶来。顿时溱洧岸边汇成了一片欢乐的海洋,与"涣涣""浏清"的春水交相辉映,好不壮观!中五句写女邀男同往赴会。这是一场精彩的对话。女的说:"去游吧!"男的说:"已游过了。"女的又说:"再去游游吧!洧水边场面大,人多又欢乐!"经女子这么一劝,男子便欣然同往了。每章末三句写男女欢聚的情景。这次游乐,密切了他们的关系,缔结了爱情。他们相互调笑,彼此赠送芍药以作定情的信物。这一结尾,巧妙地揭示了此诗的主题。

齐　风

东方之日

东方之日兮！　　　　　　红彤彤的太阳出东方，
彼姝者子①，在我室兮。　　新娘肤色白如霜，新娘在我房。
在我室兮，履我即兮②！　　新娘在我房，踩我脚印心花放。

东方之月兮！　　　　　　月亮从东方已升起，
彼姝者子，在我闼兮③。　　新娘肤色白皙皙，新娘在我室。
在我闼兮，履我发兮④！　　新娘在我室，踩我脚印心欢喜。

【注释】

①姝(shū)：美丽。

②履：踏。即：脚印。

③闼(tà)：门内。

④发：通"跋"。脚跟。

【评析】

　　这是新婚夫妻同室欢娱之诗。全诗二章。每章首句分别以日、月比喻新娘貌美。诗中的日、月，不仅比喻新娘貌美，而且还点明了时间。暗示出小两口儿朝夕相处，恩爱无比。每章后三句写小两口儿尽情欢娱之状。在新房之中，新郎在前面走，新娘在后面跟，真可谓是夫走妻随，形影不离。这里写的虽只是生活中的一个细节，但新婚的和谐幸福也就不言而喻了。

南　山

南山崔崔①,雄狐绥绥②。　　南山高又大,雄狐求偶在山下。
鲁道有荡③,齐子由归④。　　齐鲁大道多平坦,文姜由此已出嫁。
既曰归止⑤,曷又怀止⑥?　　文姜既然已出嫁,襄公为何还要怀念她?

葛屦五两⑦,冠绥双止⑧。　　葛布鞋子要成对,系帽带子要成双。
鲁道有荡,齐子庸止⑨。　　　齐鲁大道多平坦,文姜由此嫁鲁君。
既曰庸止,曷又从止?　　　　文姜既然嫁鲁君,襄公为何还要把她缠?

艺麻如之何⑩?衡从其亩⑪。　种麻怎么样?横的直的把地耙。
取妻如之何?必告父母。　　　娶妻怎么样?一定要告知爹和妈。
既曰告止,曷又鞫止⑫?　　　鲁君既然告知爹和妈,襄公为何要把鲁君杀?

析薪如之何⑬?匪斧不克。　　劈柴怎么样?没有斧头不能成。
取妻如之何?匪媒不得。　　　娶妻怎么样?没有媒人也不行。
既曰得止,曷又极止⑭?　　　鲁君既然请媒人,襄公为何杀死鲁君才甘心?

【注释】

①崔崔:高大。
②绥绥:求偶的样子。
③鲁道:由齐至鲁的道路。荡:平坦。
④齐子:指文姜。归:出嫁。
⑤曰、止:语助词。
⑥曷:何,为何。
⑦葛屦(jù):用葛制成的鞋。五:通"伍"。行列。两:二屦。意为陈鞋必以

两为一列。

⑧緌(ruí):系帽子的带子。

⑨庸:由。

⑩艺:种植。

⑪衡从:即横纵。

⑫鞫(jū):穷。

⑬析薪:劈柴。

⑭极:同"鞫"。

【评析】

这是讽刺齐襄公淫妹文姜之诗。全诗四章。一章以南山高大比喻襄公地位显赫,以雄狐求偶比喻襄公淫行丑恶。文姜既已出嫁,但襄公依然怀念文姜。二章以葛鞋成对,帽带成双,比喻男女各有配偶,不容紊乱。文姜既已出嫁,但襄公依然跟从文姜。三、四章以种麻要依田亩、劈柴需用斧子,比喻鲁桓公娶妻已告父母,已聘媒人,符合礼仪。鲁桓公发现文姜与襄公私通,斥责文姜几句也理属当然。然而襄公听了文姜的诉说之后,顿生歹心,竟下毒手,指使公子彭生杀害了鲁桓公。此事见于《左传·桓公十八年》载。这一骇人的历史事件,也在此诗中得到了反映。"曷又鞫止"之"鞫""曷又极止"之"极",正揭露了襄公穷凶极恶的面目。

载 驱

载驱薄薄①,簟茀朱鞹②。　　车轮滚滚震天响,花席车门红皮帐。
鲁道有荡,齐子发夕③。　　齐鲁大道多平坦,文姜日夜想回乡。

四骊济济④,垂辔沵沵⑤。　　四匹黑马多雄壮,柔软缰绳垂下方。
鲁道有荡,齐子岂弟⑥。　　齐鲁大道多平坦,文姜寻欢乐无疆。

汶水汤汤⑦,行人彭彭⑧。　　汶水涨满一片汪洋,路上行人熙熙攘攘。
鲁道有荡,齐子翱翔。　　　齐鲁大道多平坦,文姜尽兴在游逛。

汶水滔滔,行人儦儦⑨。　　汶水涨满浩浩荡荡,路上行人跟跟跄跄。
鲁道有荡,齐子游敖。　　　齐鲁大道多平坦,文姜纵情在游荡。

【注释】

①载:语助词。薄薄:驱车之声。

②簟(diàn):方纹竹席。茀(fú):车帘。朱鞹(kuò):红色兽皮。

③齐子:指文姜。发夕:旦夕。

④骊(lí):黑马。济济:肥壮的样子。

⑤垂辔:下垂的缰绳。沵沵(nǐ):柔和的样子。

⑥岂弟:欢乐和易。此用于贬义。

⑦汶水:水名。流经齐鲁之地。汤汤(shāng):水盛的样子。

⑧彭彭(páng):人众多的样子。

⑨儦儦(biāo):义同"彭彭"。

【评析】

　　这是讽刺文姜回齐国与襄公私通之诗。全诗四章。每章前二句写文姜车马之盛和随从之众。车是华贵之车,马是高头大马。文姜乘坐马车,在通往齐国的大道上奔驰,车轮发出"薄薄"的声响。文姜随从之多,如同汶水弥漫,滚滚流淌。在光天化日之下,文姜乘坐马车,带着众多随从回齐私会襄公,真是毫无忌惮的非礼行为。每章末二句讽刺文姜淫秽行为。"发夕"即"旦夕",它与"岂弟""翱翔""游敖"可互为补充。"岂弟"同"恺悌",意为欢乐和易,这里用作贬词。这几句是说,文姜在通往齐国的大道上,日夜兼程赶回齐国,寻欢作乐,而无一点惭愧羞耻之色。此诗形容巧妙,含蕴深邃,堪称一首著名的讽刺诗。

魏　风

园有桃

园有桃,其实之殽①。
心之忧矣,我歌且谣。
不知我者,谓我士也骄②。
彼人是哉③,子曰何其④?
心之忧矣,其谁知之!
其谁知之,盖亦勿思。

园有棘⑤,其实之食。
心之忧矣,聊以行国⑥。
不知我者,谓我士也罔极⑦。
彼人是哉,子曰何其?
心之忧矣,其谁知之!
其谁知之,盖亦勿思。

果园里有桃树,它的果实可以尝。
我的心里真忧伤,把那歌谣来诵唱。
不了解我的,说我骄狂。
那人说得对吗?你以为怎么样?
我的心里真忧伤,有谁能知我心肠?
有谁能知我心肠?干脆别去想。

果园里有枣树,它的果实可以尝。
我的心里真忧伤,姑且到处去游荡。
不了解我的,说我言行无常。
那人说得对吗?你以为怎么样?
我的心里真忧伤,有谁能知我心肠?
有谁能知我心肠?干脆别去想。

【注释】

①殽(yáo):通"肴",吃。

②士:诗人自称。

③彼人:那人。是:对。

④何其:怎么样。

⑤棘:枣树。
⑥聊:姑且。行国:周游于国中。
⑦罔极:无常。

【评析】

　　这是贤士忧时伤己之诗。全诗二章。每章首二句为兴体。诗以园中的桃子、枣子可供人食用,反兴自己有德有才而无所用。每章三、四句写诗人心忧。当时魏国政治黑暗,小人当道,贤良被逐,国家的前途不堪设想。诗人为此而忧伤。这满腔的忧愁无法排遣,只得长歌当哭,且歌且谣。然而,歌谣又岂能泄忧?他又只好遍游国中以泄忧愤。每章后六句写知音难得。心中有忧,别人如果理解,还可得到一点宽慰。然而那些"不知我者",竟说我骄傲,说我无常。对此,诗人表示愤慨。他问道:"那人说得对吗?你说怎么样呢?"最后他完全失望了,只好无可奈何地感叹道:"我的忧心有谁知,干脆再别去想吧!"不想怎么行呢?这不过是忧思难遣时的自慰自解罢了。

硕 鼠

硕鼠硕鼠①,无食我黍②!　　大老鼠啊大老鼠,不要贪吃我的黍!
三岁贯女③,莫我肯顾④。　　多年把你来供养,从不把我来照顾。
逝将去女⑤,适彼乐土⑥。　　发誓将要离开你,前往那乐土。
乐土乐土,爰得我所⑦!　　　乐土啊乐土,才是好去处。

硕鼠硕鼠,无食我麦!　　　　大老鼠啊大老鼠,不要贪吃我的麦!
三岁贯女,莫我肯德⑧。　　　多年把你来供养,从不对我施恩德。
逝将去女,适彼乐国。　　　　发誓将要离开你,前往那乐国。
乐国乐国,爰得我直⑨!　　　乐国啊乐国,才是我应得。

硕鼠硕鼠,无食我苗!　　　　大老鼠啊大老鼠,不要贪吃我的苗!
三岁贯女,莫我肯劳⑩。　　　多年把你来供养,从不把我来慰劳。
逝将去女,适彼乐郊。　　　　发誓将要离开你,前往那乐郊。
乐郊乐郊,谁之永号⑪!　　　乐郊啊乐郊,谁还再哭号?

【注释】

①硕:大。
②黍:小米。
③三岁:多年。贯:侍养,养活。"女"同"汝"。
④顾:顾念。
⑤逝:通"誓"。发誓。去:离开。
⑥适:往。
⑦乐土:安乐之地。爰:语助词。所:处所。
⑧德:恩德,恩惠。

85

⑨直:同"值"。报酬。
⑩劳:慰劳,抚恤。
⑪之:犹"其"。永号:长叹。

【评析】

　　这是讽刺统治者横征暴敛之诗。全诗三章。可分两层来理解。第一层揭露统治者贪婪残酷的本性。诗中将统治者比作大老鼠生动而贴切。诗中说:大老鼠啊大老鼠,不要吃我们的粮食。我们侍奉了你多年,而你却不肯照顾我们。这种揭露真是一针见血。第二层抒写农民美好的心愿。农民辛勤劳动,不得温饱,发誓逃奔他乡,去寻找安乐之地,充分表达了农民对理想社会的向往与追求。由于此诗运用了比兴手法,感情强烈而又不直露,意思深厚而又不晦涩,确是一首好作品。

唐 风

蟋 蟀

蟋蟀在堂①,岁聿其莫②。
今我不乐,日月其除③,
无已大康④,职思其居⑤。
好乐无荒⑥,良士瞿瞿⑦。

蟋蟀在堂,岁聿其逝⑧。
今我不乐,日月其迈⑨。
无已大康,职思其外⑩。
好乐无荒,良士蹶蹶⑪。

蟋蟀在堂,役车其休⑫。
今我不乐,日月其慆⑬。
无已大康,职思其忧。
好乐无荒,良士休休⑭。

蟋蟀在堂角,一年快到末。
今我不行乐,时光便流过。
不要太享乐,当思那工作。
好乐无沉醉,贤士要警觉。

蟋蟀在堂屋,一年快过去。
今我不行乐,时光便无余。
不要太享乐,当思那事务。
好乐无沉醉,贤士要勤苦。

蟋蟀在堂屋,差车已停住。
今我不行乐,时光便溜去。
不要太享乐,当思那忧惧。
好乐不沉醉,贤士要惊惧。

【注释】

①蟋蟀:促织。堂:屋内。

②聿:语助词。其:将。莫:同"暮",晚。

③除:逝去。

④已:甚。大:同"太"。康:安乐。

⑤职:应当。居:处,所处的职责。
⑥好乐:喜好安乐。荒:过度享乐。
⑦良士:贤良之士。瞿瞿:警惕的样子。
⑧逝:逝去。
⑨迈:义同"逝"。
⑩外:本职以外的事务。
⑪蹶蹶(guì):勤快的样子。
⑫役车:服役的车子。休:停止。
⑬慆(tāo):逝去。
⑭休休:惊惧的样子。

【评析】

　　这是岁暮抒怀之诗。全诗三章。诗的主人公可能是一位大夫。每章前四句写及时行乐。蟋蟀在堂,预示时序已进入寒冬,岁暮时节已经到来。如果不及时行乐,那么岁月就会像流水一样逝去。每章后四句写好乐无荒。欢乐还是应该的,但不要过度沉醉,要有所节制。应当想想自己的职责,想想本职以外的事务,想想忧患的事情。要像"良士"那样,爱好欢乐而不荒废事务,要百倍警惕,要奋发勤快,要时刻惊惧。只有如此,才能成为一个"好乐无荒"的贤良之士。

绸　缪

绸缪束薪①,三星在天②。
今夕何夕,见此良人③!
子兮子兮④,如此良人何!

绸缪束刍⑤,三星在隅⑥。
今夕何夕,见此邂逅⑦!
子兮子兮,如此邂逅何!

绸缪束楚⑧,三星在户⑨。
今夕何夕,见此粲者⑩!
子兮子兮,如此粲者何!

紧缠一捆柴草,参星在天空闪耀。
今夜是何夜?见这新娘俏。
你呀你呀,把这新娘怎么办才好?

紧缠一捆刍草,参星在屋角闪耀。
今夜是何夜?见这新娘俏。
你呀你呀,把这新娘怎么办才好?

紧缠一捆荆条,参星在门口闪耀。
今夜是何夜?见这新娘俏。
你呀你呀,把这新娘怎么办才好?

【注释】

①绸缪(chóu móu):缠绕。束薪:一束柴薪。

②三星:参星。

③良人:指新娘。

④子:指代新郎。

⑤束刍(chú):一束饲草。

⑥隅:角落。

⑦邂逅(xiè hòu):通"解觏"。爱悦。此作名词,指心爱者。

89

⑧束楚:一束荆条。
⑨户:门窗。
⑩粲者:美人。

【评析】

　　这是贺新婚、闹新房之诗。全诗三章。每章首句为兴体。诗以紧紧缠绕的"束薪""束刍""束楚",兴比男女婚姻之事。每章次句点明时间。参星由高高的天上转到天边,又由天边转到窗户之上。这表明贺新婚、闹新房的人们由黄昏一直到夜深还未散去。每章三、四句是对新娘的赞美。意思是说:"今夜是什么时光呀,遇上了这么个漂亮的新娘!"这是闹房者模拟新郎的话语,因而带有戏谑的意味。每章末二句是闹房者的话语。他们对新郎喊道:"新郎啊,新郎啊,你把这个漂亮的新娘怎么办呢?"话语之中,既含有庆贺新郎之情,也含有戏谑新郎之意。活泼风趣的话语,将新房内欢乐热闹的场景都表现出来了。

鸨　羽

肃肃鸨羽①,集于苞栩②。
王事靡盬③,不能蓺稷黍④。
父母何怙⑤?悠悠苍天,
曷其有所⑥!

肃肃鸨翼⑦,集于苞棘⑧。
王事靡盬,不能蓺黍稷。
父母何食?悠悠苍天,
曷其有极⑨!

肃肃鸨行⑩,集于苞桑。

大雁嗖嗖拍翅膀,落在密密的栎树上。
国家的差遣没个完,不能在家种稻粱。
爹娘靠什么来供养?高远的苍天啊,
何时才有安身的地方?

大雁嗖嗖拍翅膀,落在密密的枣树上。
国家的差遣没个完,不能在家种稻粱。
用什么来养爹和娘?高远的苍天啊,
何时才有个好收场?

大雁嗖嗖飞成行,落在密密的桑树上。

王事靡盬,不能蓺稻粱。父母何尝?悠悠苍天,曷其有常⑪!

国家的差遣没个完,不能在家种稻粱。用什么来养爹和娘?高远的苍天啊,何时才能恢复正常?

【注释】

①肃肃:鸟飞声。鸨(bǎo):一种似雁而大的鸟。

②苞栩(xǔ):丛生的柞树。

③王事:泛指官差徭役。靡盬(gǔ):没有停息。

④蓺:种植。稷黍:泛指庄稼。

⑤怙(hù):依靠。

⑥曷:何时。所:处所,安息之所。

⑦翼:翅膀。

⑧棘:枣树。

⑨极:尽头,止尽。

⑩行(háng):即"翮"。羽茎。

⑪常:正常。

【评析】

这是农民控诉沉重徭役之诗。全诗三章。每章开头为兴体。诗以鸨鸟栖息树上站立不稳之苦状,兴比农民生活之痛苦,十分耐人寻味。诗接着写造成农民生活痛苦的原因。这个农民长期在外服役,而"王事"又没完没了,因而庄稼不能种,年迈的父母靠什么来供养?最后他悲愤地质问苍天:"何时才有个安身之所?这沉重的徭役何时才是尽头?何时才能过上正常的生活?"三句问语,既是农民对统治者的强烈抗议,也反映了他们对自由生活的渴望。此诗所揭示的现象具有典型性和普遍性,因而能得到后人的同情与共鸣。

无 衣

岂曰无衣七兮①。　　　　难道说没有七章衣裳?
不如子之衣,安且吉兮②!　不如你的衣裳,舒适又吉祥。

岂曰无衣六兮③。　　　　难道说没有六章衣裳?
不如子之衣,安且燠兮④!　不如你的衣裳,舒适又温暖。

【注释】

①七:指七章之衣。
②安:舒适。吉:吉利。
③六:指六章之衣。
④燠(yù):温暖。

【评析】

　　这是晋武公请命之诗。据《史记·晋世家》记载,晋武公夺取晋室政权,自立为君之后,心里还不安稳。于是他以各种各样的宝器贿赂周釐王,想以此求得周王朝的正式封命。由于周釐王贪其宝玩,不仅不追究武公篡国之罪,反而封命武公为晋君,列于诸侯。全诗二章。此诗所写正是武公请命一事。按照周朝的礼制,天子的卿士在朝穿六章之衣,出使侯国则加一等穿七章之衣;诸侯在封国穿七章之衣,入朝则减一等,穿六章之衣。所谓"七章""六章",是古代官服纹饰的区别。武公夺取了晋室政权,自然拥有七章、六章之衣。但是不经请命便自登国君宝座,就是名不正言不顺。即使穿上七章、六章之衣,也会觉得有刺,只能算是一种僭越。因此,周天子的卿士一来到晋国,武公就开始请命了。他说

"我难道没有七章之衣?只是不如你的七章之衣那样舒适而吉祥啊!难道我没有六章之衣?只是不如你的六章之衣那样舒适而温暖啊!"这样说的意思,是希望得到周王朝的正式封命。"不如"二句正含有请命之意。

葛 生

葛生蒙楚①,蔹蔓于野②。
予美亡此③,谁与独处?

葛生蒙棘,蔹蔓于域④。
予美亡此,谁与独息?

角枕粲兮⑤,锦衾烂兮⑥。
予美亡此,谁与独旦?

夏之日,冬之夜。
百岁之后,归于其居⑦。

冬之夜,夏之日。
百岁之后,归于其室⑧。

葛藤覆盖着荆树,野草蔓延在野地。
我的爱人去世了,没有伴独自住这里!

葛藤覆盖着枣树,野草蔓延在墓地。
我的爱人去世了,没有伴独自歇这里!

角枕多灿烂,绸被闪红光。
我的爱人去世了,没有伴独宿到天亮!

悠悠夏日长,漫漫冬夜寒。
但愿百年后,与夫共长眠。

漫漫冬夜寒,悠悠夏日长。
但愿百年后,与夫同墓场。

【注释】

①蒙楚:覆盖在荆树上。
②蔹(liǎn):一种野草。蔓:蔓延。
③予美:我的爱人。此指丈夫。
④域:墓地。
⑤角枕:用兽角装饰的枕头。粲:鲜明。

⑥锦衾(qīn)：锦面的被子。烂：色彩鲜明。

⑦居：指坟墓。

⑧室：指墓室。

【评析】

这是妻子哀悼亡夫之诗。据史书记载，晋献公是一位好战的国君。他不断地发动战争，致使无数家庭夫妻分离，许多征人甚至抛尸荒野。此诗中妇人的丈夫很可能就是在战乱中不幸丧生。全诗五章。前三章写妻子在郊野哀悼亡夫的情景。她来到郊野举目一望，葛藤盖满了荆树，野草爬遍了原野。见此荒凉景象，她不禁发出"予美亡此，谁与独处"的哀叹。接着她来到坟地，低头一看，葛藤盖满枣树，野草爬满墓地。见此悲凉景况，她不禁发出"予美亡此，谁与独息"的哀叹。此时，她想到家中漂亮的角枕和灿烂的锦被依然还在，又不禁发出"予美亡此，谁与独旦"的哀叹。后两章写妻子思念亡夫。夏日悠悠，冬夜漫漫。这么漫长的岁月，怎么熬得到头啊！她只望百年之后，与亡夫同眠黄泉之下。妻子忠贞纯洁之爱，悲切沉痛之情，显得凄婉感人。

秦　风

小　戎

小戎俴收①，五楘梁辀②。　　轻便兵车浅车斗，花皮带子把辕束。
游环胁驱③，阴靷鋈续④。　　游环胁驱控四马，靷环阴板引车轴。
文茵畅毂⑤，驾我骐馵⑥。　　虎皮毯子铺车上，驾车骏马力气足。
言念君子，温其如玉⑦。　　我在家中想丈夫，他性格如玉很温柔。
在其板屋⑧，乱我心曲！　　他驻在西戎木板屋，使我思绪乱心头。

四牡孔阜⑨，六辔在手。　　四匹骏马很肥大，六根缰绳手中牵。
骐駵是中⑩，騧骊是骖⑪。　　两匹红马居中间，两匹黑马夹两边。
龙盾之合⑫，鋈以觼軜⑬。　　画龙盾牌置车前，镶金舌环把缰绳连。
言念君子，温其在邑⑭。　　我在家中想丈夫，他在西戎很遥远。
方何为期？胡然我念之⑮！　　何时是归期？怎不把夫来惦念？

俴驷孔群⑯，厹矛鋈錞⑰。　　披甲四马很和洽，长矛柄末放光华。
蒙伐有苑⑱，虎韔镂膺⑲。　　杂羽盾牌多美好，虎皮弓袋绣有花。
交韔二弓⑳，竹闭绲縢㉑。　　两支弓箭插袋中，弓和弓檠紧紧扎。
言念君子，载寝载兴㉒。　　我在家中想丈夫，时睡时起乱如麻。
厌厌良人㉓，秩秩德音㉔。　　丈夫神情很安详，通达事理被人夸。

【注释】

①小戎：一种轻小的兵车。俴(jiàn)：浅。收：车斗。

95

②五楘(mù):用皮革缠束五圈。梁辀(zhōu):弯曲的车辕。

③游环:活动的环。以皮革为环,套在两匹服马背上,并连贯两骖马之外辔,以禁其出。胁驱:用皮革前面系在车衡木的两端,后面系在车厢板的两端,在服马的胁外,使骖马不得入内。

④阴:车轼前之板。靷(yǐn):引车前行的皮带。两匹骖马在旁挽靷助服马。鋈(wù)续:以白铜镀的环紧扣皮带。

⑤文茵:虎皮褥垫。畅毂(gǔ):长长的车轴。

⑥骐:青黑色而有花纹的马。馵(zhù):白蹄的马。

⑦温其如玉:性情温和,如同纯洁润泽的美玉。

⑧板屋:陇西一带,山多林木,民以板为室屋。此处以板屋代指西戎。

⑨四牡:四匹雄马。孔阜:很肥壮。

⑩骝(liú):赤色黑鬣的红马。中:中间的服马。

⑪騧(guā):黑嘴巴的黄马。骊:纯黑的马。

⑫龙盾:画着龙纹的大盾。合:两两扣连在一起。

⑬觼(jué):有舌的环。軜(nà):骖马的内辔。

⑭在邑:在西戎之邑。

⑮胡然:为何这样。

⑯俴驷:四马皆以薄金为甲。孔群:很和谐。

⑰厹(qiú)矛:锋刃为三棱状的长矛。鋈錞(duì):矛柄下端以白金套为饰。

⑱蒙:杂。伐:盾的别名。苑:花纹美好。

⑲虎韔(chàng):用虎皮做的弓套。镂膺:以金镂做弓袋正面的装饰。

⑳交韔:将弓交叉放在弓袋之中。

㉑竹闭:竹制的弓架,用以正弓。绲縢(gǔn téng):用绳捆束。

㉒载:再,又。兴:醒。

㉓厌厌:安详。良人:指丈夫。

㉔秩秩:聪明多智,通达事理。德音:好名誉。

【评析】

这是妇人思念征夫之诗。全诗三章。每章前六句写军容之盛。首章写兵车之美之固。车辕用皮革紧紧缠绕,阴板用白铜为饰,褥垫以虎皮制作,好不气派!次章写战马之美之壮。四马高大肥壮,毛色五彩斑斓,车上配以画龙之盾,好不威武! 末章写兵器之利之坚。戈矛以白铜为饰,盾牌绘以五色花纹,弓袋也装饰一新,两弓交叉以绳捆束,好不威风! 妇人思念丈夫,眼前自然就会浮现这出征的一幕。每章后四句写妇人思念征夫之情。首章写妇人思绪之乱;次章写妇人盼望丈夫早日归来;末章写妇人起居不宁。这些足见她思念至深。此诗每章前半截咏物,古奥艰涩,以作抒情之发端;每章后半截抒情,含意蕴藉,以为咏物之归宿。从诗本身来看,它很可能是带兵贵族的夫人所作。

蒹 葭

蒹葭苍苍①,白露为霜。　　　芦苇色苍苍,白露变成霜。
所谓伊人②,在水一方。　　　所怀念的那个人,在水的另一方。
溯洄从之③,道阻且长。　　　逆流而上去寻找,道路险阻且漫长。
溯游从之④,宛在水中央。　　顺流而下去寻找,她好像在那水中央。

蒹葭萋萋⑤,白露未晞⑥。　　芦苇色苍苍,白露还未干。
所谓伊人,在水之湄⑦。　　　所怀念的那个人,在水的另一端。
溯洄从之,道阻且跻⑧。　　　逆流而上去寻找,道路险阻高难攀。
溯游从之,宛在水中坻⑨。　　顺流而下去寻找,好像在那小岛边。

蒹葭采采⑩,白露未已⑪。　　芦苇色苍苍,白露还未收。
所谓伊人,在水之涘⑫。　　　所怀念的那个人,在水的另一头。
溯洄从之,道阻且右⑬。　　　逆流而上去寻找,道路险阻且弯曲。
溯游从之,宛在水中沚⑭。　　顺流而下去寻找,好像在那水中洲。

【注释】
①蒹葭(jiān jiā):芦苇。苍苍:茂盛的样子。

②伊人:那个人。

③溯(sù)洄:逆流而上。

④溯游:顺流而上。

⑤萋萋:茂盛的样子。

⑥晞(xī):干。

⑦湄:岸边。

⑧跻(jī):地势渐高。

⑨坻(chí):水中小块陆地。

⑩采采:义同"苍苍""萋萋"。

⑪未已:未干、未收。

⑫涘(sì):水边。

⑬右:弯曲。

⑭沚:水中小沙滩。

【评析】

这是男子追求女子之诗。全诗三章。每章首二句描写景物。深秋时节,芦苇非常茂盛,清晨白露凝结成霜。时至上午白露还未干,时至中午白露还未收。这凄清的秋景,正好烘托出男子求而不得的惆怅之情。每章后六句写男子执着追求。由于思念"伊人",他从清晨至中午一直在河边寻求。尽管道路险阻而且遥远,道路险阻而且渐高,道路险阻而且弯曲,但他依然沿着河边逆流而上、顺流而下来回寻求。而"伊人"呢,却神奇莫测,来去无踪,变换不定,时而"宛在水中央",时而"宛在水中坻",时而又"宛在水中沚"。一个"宛"字,便将"伊人"闪烁缥缈,难以寻求之状渲染了出来,真是点睛欲飞之笔。在秦风剽悍的时尚中,《蒹葭》以其潇洒的风姿与飘逸的辞采,显出特别的格调,成为《诗经》的名篇。

黄 鸟

交交黄鸟,止于棘。
谁从穆公①?子车奄息②。
维此奄息,百夫之特③。
临其穴,惴惴其栗④。
彼苍者天,歼我良人⑤!
如可赎兮,人百其身⑥。

交交黄鸟,止于桑。
谁从穆公?子车仲行。
维此仲行,百夫之防⑦。
临其穴,惴惴其栗。
彼苍者天,歼我良人!
如可赎兮,人百其身。

交交黄鸟,止于楚。
谁从穆公?子车针虎。
维此针虎,百夫之御⑧。
临其穴,惴惴其栗。
彼苍者天,歼我良人!
如可赎兮,人百其身。

交交鸣叫的小黄鸟,落在那棵枣树上。
谁陪穆公去下葬?子车奄息遭了殃。
这个奄息呀,一人能抵百人强。
他走近那墓穴,怕得直发慌。
那老天爷呀,杀我好人丧天良。
如果能够赎回他,用百人替代也应当。

交交鸣叫的小黄鸟,落在那棵桑树上。
谁陪穆公去下葬?子车仲行遭了殃。
这个仲行呀,一个能把百人当。
他走近那墓穴,怕得直发慌。
那老天爷呀,杀我好人丧天良。
如果能够赎回他,用百人替代也应当。

交交鸣叫的小黄鸟,落在那棵荆树上。
谁陪穆公去下葬?子车针虎遭了殃。
这个针虎呀,一个能把百人防。
他走近墓穴,怕得直发慌。
那老天爷呀,杀我好人丧天良。
如果能够赎回他,用百人替代也应当。

【注释】

①从:从死,殉葬。穆公:秦国国君。

②子车奄息:人名。子车为姓,奄息为名。下文"子车仲行"、"子车鍼虎"同此。
③特:匹敌。
④惴惴(zhuì):恐惧的样子。
⑤歼:杀害。良人:好人,善人。
⑥人百其身:以一百人赎代其身。
⑦防:比,相当。
⑧御:义同"防"。

【评析】

这是控诉以人殉葬之诗。据《史记·秦本纪》记载,秦穆公死后,竟以177人陪葬,其中就包括"三良",即子车奄息、子车仲行、子车鍼虎三兄弟。人们哀悼他们,于是就写有《黄鸟》之诗。全诗三章。诗以黄鸟止于树上各得其所,反兴"三良"从穆公殉葬而命归黄泉,大有人命不如黄鸟之感。这"三良"乃国中的俊杰,可与"百夫"相比。这表现出国人对失去"三良"无限惋惜之情。"三良"殉葬之时,下看墓穴,恐惧战栗,显得十分痛苦,使人惨不忍睹。国人亲见"三良"被活埋殉葬,悲苦无告,只好呼天抢地,疾声喊道:"老天爷啊,你为何要杀我良人?如可替换,我们愿以百人赎回他们的生命。"这表现了国人对"三良"的同情和对统治者的愤恨。

晨　风

鴥彼晨风①,郁彼北林②。
未见君子,忧心钦钦③。
如何如何,忘我实多!

山有苞栎④,隰有六驳⑤。
未见君子,忧心靡乐⑥。

鹯鸟迅速地飞行,飞到那北山的密林。
没有看见丈夫归,心中不安定。
怎么办啊怎么办?把我忘记真狠心。

高山上有栎树,低湿地有梓榆。
没有看见丈夫归,心中不欢欣。

如何如何,忘我实多!	怎么办啊怎么办?把我忘记真狠心。
山有苞棣⑦,隰有树檖⑧。	高山上有棣树,低湿地有梨树。
未见君子,忧心如醉⑨。	没有看见丈夫归,心中不欢欣。
如何如何,忘我实多!	怎么办啊怎么办?把我忘记真狠心。

【注释】

①鴥(yù):疾飞的样子。晨风:猛禽名。即"鹯(zhān)"。

②郁:茂盛的样子。北林:北山之林。

③钦钦:忧思难忘的样子。

④苞栎:丛生的柞树。

⑤六驳:梓榆。

⑥靡:无。

⑦苞棣(dì):丛生的棠梨。

⑧檖(suì):山梨树。

⑨醉:神魂颠倒,昏昏沉沉。

【评析】

　　这是妇人思念丈夫之诗。全诗三章。首章以飞鸟归林起兴,引起妇人对丈夫的思念。丈夫久不归家,她感到孤单凄苦。她不禁暗自思忖:莫非丈夫把自己忘记了!这正表达了她的忧虑之情。二、三章以山上洼地树木对举,兴比男女或夫妻情事。妇人每当想起丈夫久出未归,内心就觉得没有一点乐趣,甚至于神魂颠倒,昏昏沉沉。一个"醉"字,便见妇人百感交集,忧苦万状。

无　衣

岂曰无衣?与子同袍①。
王于兴师②,修我戈矛,
与子同仇③。

岂曰无衣?与子同泽④。
王于兴师,修我矛戟,
与子偕作⑤。

岂曰无衣?与子同裳。
王于兴师,修我甲兵⑥,
与子偕行⑦。

难道说没衣裳穿?与你同披这战袍。
国王要出兵去征讨,赶快修好我戈矛,
咱们同把国土保。

难道说没有衣裳穿?与你同穿这内衣。
国王要出兵去杀敌,赶快修好我矛戟,
与你一道同抗敌。

难道说没有衣裳穿?与你同穿这衣裳。
国王要出兵去拒敌,赶快修好我刀枪,
与你一起赴前方。

【注释】

①袍:战袍。
②于:语助词。同"曰"。兴师:起兵。
③同仇:共同对敌。
④泽:贴身的内衣。

⑤偕作:共同行动。
⑥甲兵:战甲、兵器。
⑦偕行:一起前往。

【评析】

　　这是秦国的军歌。全诗三章。每章首二句采用问答的形式。一章说:"难道说没有衣裳,与你同穿一件战袍。"二章说:"难道说没有衣裳?与你同穿一件内衣。"三章说:"难道说没有衣裳?与你同穿一条裤子。"先言"袍",次言"泽",再言"裳",是说内外、上下衣物都可以与战友共用。这表现士兵们同甘共苦,团结一致的战斗意志和乐观精神。每章后三句写国君一旦起兵,士兵们便修理各种武器,同赴战场,英勇杀敌。这表现了士兵们同仇敌忾,慷慨从军的爱国热情。此诗今天读来仍给人以鼓舞的力量。

渭　阳

我送舅氏①,曰至渭阳②。　　我送舅父回故乡,一直送到渭水旁。
何以赠之?路车乘黄③。　　我用什么赠送他?黄马驾着车一辆。

我送舅氏,悠悠我思④。　　我送舅父回故乡,常常想到我的娘。
何以赠之?琼瑰玉佩⑤。　　我用什么赠送他?美石宝玉真多样。

【注释】

①舅氏:指晋公子重耳。他是秦太子䓨(即后来的秦康公)之舅。
②渭阳:渭水北边。
③路车:诸侯所乘之车。乘黄:四匹黄马。
④悠悠:思绪绵长。
⑤琼瑰(guī):美玉。

103

【评析】

　　这是秦太子䓨送舅念母之诗。秦穆公的夫人是晋献公的女儿，生太子名䓨。晋献公有个儿子叫重耳，因遭骊姬之难，先后在齐、楚、秦国流亡多年。周襄王十五年（公元前635），秦穆公派兵护送重耳回到晋国，立为晋君，是为晋文公。当时䓨是秦国的太子。重耳临行时，太子䓨去送他，并作此诗。全诗二章。首章写䓨送舅至渭阳。当时秦国的都城在雍地，而渭阳地当咸阳附近，两地相距甚远。千里送别，依依不舍，流露出甥舅惜别之情。临别时，太子䓨以华美的路车和四匹黄毛大马赠给舅舅，祝愿他回国后立为国君。末章写䓨送舅念母的深情。这时太子䓨的母亲（重耳的妹妹）已经去世。太子䓨送舅舅，自然想起了母亲。今见舅舅，好像母亲就在身边。"悠悠我思"一句，正道出了太子䓨这种缠绵悱恻之情。临别之时，太子䓨又以美玉赠给舅舅，再次表达了他对舅舅的一片深情。

陈 风

衡 门

衡门之下①,可以栖迟②。
泌之洋洋③,可以乐饥④。

岂其食鱼,必河之鲂。
岂其取妻,必齐之姜。

岂其食鱼,必河之鲤。
岂其取妻,必宋之子。

横木门下,便可休息。
洋洋泉水,便可疗饥。

难道吃鱼,一定要吃黄河团头鲂?
难道娶妻,一定要娶齐国姜姑娘?

难道吃鱼,一定要吃黄河大鲤鱼?
难道娶妻,一定要娶宋国子氏女?

【注释】

①衡门:横木为门。
②栖迟:游息。
③泌(bì):泉水名。
④乐:通"疗"。治疗。

【评析】

这是男子追求女子之诗。全诗三章。每章均用比兴手法,新鲜而奇特。首章用"衡门""泌"作比。横木简

陋,本难安身而偏说可以游息;洋洋泉水,本难饱肚而偏说可以疗饥。诗以此兴比自己所求不高。二、三章用"食鱼""娶妻"作比。"鲂""鲤"之鱼,体肥味美,谁不爱吃?但这男子却不奢求,即使小鱼他也爱吃;"齐姜""宋子",容貌娇美,谁不乐娶,但这男子却不过望,即使小姓女子他也乐娶。"岂其……必……"句,正是说的这个意思。诗人一连打了六个比方,无外乎是为了向情人表白:贵族女子我不要,唯有你才是我的心上人。这正是"小家碧玉赛过名门闺秀"。这种恋爱观无疑是健康的。此诗笔调轻松活泼,诙谐风趣。读着它,仿佛看到一位男子在面对情人倾吐心曲,谈吐中还带有一种戏谑的意味。

东门之池

东门之池①,可以沤麻②。 东门池水清,可把大麻浸。
彼美淑姬③,可与晤歌④。 美丽善良的姑娘,正好跟她唱心声。

东门之池,可以沤纻⑤。 东门池水清,可把苎麻浸。
彼美淑姬,可与晤语⑥。 美丽善良的姑娘,正好跟她去谈心。

东门之池,可以沤菅⑦。 东门池水清,可把菅草浸。
彼美淑姬,可与晤言⑧。 美丽善良的姑娘,正好跟她诉衷情。

【注释】

①池:池塘。

②沤:浸泡。

③美淑:美丽善良。姬:指姑娘。

④晤歌:聚会唱歌。

⑤纻(zhù):麻类。

⑥晤语:相互谈心。
⑦菅(jiān):茅属。
⑧晤言:义同"晤语"。

【评析】

　　这是男子爱慕女子之诗。此诗的意境与《衡门》相似,并可作为《衡门》的注脚,故可参互阅读。全诗三章。每章前二句以"东门之池"便可浸泡"麻""纻"与"菅",兴比男子所求不高。每章后二句写男子的择偶标准。那美丽善良的姑娘,便可与她对歌、对语、对言。细玩"可以""可与"之词,即是《衡门》"可以""岂其……必……"之意。这男子也是说娶妻只要"美淑"即可,不必齐姜宋子,阃门闺秀。这"美淑"二字,又恰好给《衡门》中男子所爱慕的女子做了最好的注脚。我们猜想,这两首诗可能是一人所作。

月　出

月出皎兮①,佼人僚兮②。　　月亮出来皎皎的,姑娘容貌娇娇的。
舒窈纠兮③,劳心悄兮④。　　姑娘身段高高的,我的愁思悄悄的。

月出皓兮⑤,佼人懰兮⑥。　　月亮出来皓皓的,姑娘容貌俏俏的。
舒忧受兮⑦,劳心慅兮⑧。　　姑娘身段高高的,我的愁思慄慄的。

月出照兮,佼人燎兮⑨。　　月亮出来耀耀的,姑娘容貌姣姣的。
舒夭绍兮⑩,劳心惨兮⑪。　　姑娘身段高高的,我的愁思躁躁的。

【注释】

①皎:清澈明亮。
②佼:通"姣"。美人。僚:娇美。

③舒:步履轻盈。窈纠:身段苗条。
④劳:思念。悄:忧愁的样子。
⑤皓:义同"皎"。
⑥懰(liǔ):美好。
⑦慢受:义同"窈纠"。
⑧慅(cǎo):心神不安。
⑨燎:明亮。
⑩夭绍:义同"窈纠"。
⑪惨:同"慅"。心神不宁。

【评析】

　　这是男子怀念情人之诗。全诗三章。此诗写得相当优美,简直是一幅素洁淡雅的月下美人图。每章首句描写明月。明月刚一露面,便洒下万道银光。这皎洁的月色,更映衬出姑娘貌美。每章二、三句描摹美女。这姑娘眉清目秀,妩媚无比,脸上闪出来的青春光彩,与银色的月光交相辉映更显得艳丽动人。这姑娘还很有风度。她个儿高高,身段苗条,走起路来,步履轻盈,婀娜多姿,宛若天仙一般。一个"舒"字,尽见其态。每章末句抒发情怀。诗人遥对夜空,见月伤怀,愁苦无限。此诗采用亦虚亦实的手法,将明月与美女相互映衬,又将诗人的相思之情融入其间,从而构成一种空蒙飘忽的意境,使人更觉姑娘摇曳多姿,娇美动人。

株　林

胡为乎株林①,从夏南兮②?　　为什么往株林,去追踪夏南?
匪适株林③,从夏南兮!　　　　不是往株林,是去追踪夏南。

驾我乘马④,说于株野⑤!　　　驾着他的四匹马,在株野住一晚。
乘我乘驹⑥,朝食于株⑦!　　　驾着他的四匹马,在株林吃早饭。

【注释】

①胡为:为什么。株林:夏邑郊野。
②夏南:夏征舒,字子南,故称夏南。
③匪:不是。适:往。
④我:犹"其"。相当于"他的"。
⑤说(shuì):停车歇息。
⑥乘驹:四匹马。
⑦朝食:吃早饭。

【评析】

　　这是讽刺陈灵公淫于夏姬之诗。据史书记载,夏姬是郑穆公之女,嫁给陈大夫夏御叔为妻。陈灵公与大夫孔宁、仪行父皆与夏姬私通。此诗正是讽刺陈灵公这一秽行。全诗二章。首章以问答的方式,表示将信将疑。灵公为何到株林去追夏南呢?这一设问,语意深婉。因为夏南是夏姬之子,所以"从夏南"即是"从夏姬"。这种言在此而意在彼的写法,比直接披露要诙谐有力得多。诗接着又加以否定:灵公不是到株林去从夏南。这一笔也极妙。不是"从夏南",那是从谁呢?不用说,就是去"从夏姬"就在不言之中了。末章写灵公在株林住了一宿。灵公乘坐马车,果然到了株林。他还在株林住了一宿。直到第二天吃过早饭才离去。这"说于""朝食"二语,正表明灵公在株林确实待了一天一夜。这里再不露"夏南"字样,而"从夏姬"之意由此就已大明。此诗篇幅虽短,但诗意浑厚,写得一波三折,确是一首优秀的讽刺诗。

桧　风

隰有苌楚

隰有苌楚①,猗傩其枝②。　　低湿地里有羊桃,它的枝儿长得好。
夭之沃沃③,乐子之无知④。　　多茁壮呀多光泽,我羡慕你忧虑少。

隰有苌楚,猗傩其华⑤。　　　低湿地里有羊桃,它的花朵开得娇。
夭之沃沃,乐子之无家。　　　多茁壮啊多光泽,我羡慕你拖累少。

隰有苌楚,猗傩其实。　　　　低湿地里有羊桃,它的果实结得饱。
夭之沃沃,乐子之无室。　　　多茁壮呀多光泽,我羡慕你负担少。

【注释】

①苌(cháng)楚:羊桃。
②猗傩(ē nuó):柔美的样子。
③夭:茁壮。沃沃:光泽。
④乐:羡慕。子:指代羊桃。无知:无知觉。
⑤华:花。

【评析】

这是乱离之世的愁苦之诗。全诗三章。诗人也许正"挈妻抱子",在逃难的人潮中艰难地行进着。一见到沿途欣欣向荣的羊桃,便触景伤怀,感慨万端,悲叹自己的飘零身世远不如羊桃。首章写羡慕羊桃之"无知"。羊桃"无知"则无忧虑,因而枝繁叶茂,生机盎然。而人有知则有忧愁,因而身心憔悴,日见衰老。两相对照,一荣一枯,难怪诗人要羡慕羊桃之"无知"了。二、三章写羡慕羊桃之"无家""无室"。羊桃"无家""无室"则无拖累,因而花艳果硕,快乐自在。而人有家有室则有拖累。尤其在国破之秋,就更感拖累之重。由于颠沛流离,难以栖身,根本无法养活妻室儿女,因而成天要为家人的命运而担忧。两相对照,一乐一悲,难怪诗人要羡慕羊桃之"无家""无室"了。正是因为诗人忧愁之深,拖累之重,所以一看到羊桃,就能抓住"无知""无家"的特征,反复咏叹人不如羊桃,从而羡慕羊桃。这是多么凄苦的事啊!

曹 风

鸤 鸠

鸤鸠在桑①,其子七兮。
淑人君子②,其仪一兮③,
其仪一兮,心如结兮④。

鸤鸠在桑,其子在梅。
淑人君子,其带伊丝⑤。
其带伊丝,其弁伊骐⑥。

鸤鸠在桑,其子在棘。
淑人君子,其仪不忒⑦。
其仪不忒,正是四国⑧。

鸤鸠在桑,其子在榛⑨。
淑人君子,正是国人。
正是国人,胡不万年!

布谷鸟筑巢桑树上,把七只小鸟来抚养。
那位贤德的人啊,他的仪表始终都一样。
他的仪表始终都一样,用心专一多善良。

布谷鸟筑巢桑树上,小鸟在梅树间来往。
那位贤德的人啊,白色丝带闪银光。
白色丝带闪银光,青黑皮帽放光芒。

布谷鸟筑巢桑树上,小鸟在枣树间来往。
那位贤德的人啊,他的仪表真端庄。
他的仪表真端庄,成为国人的好榜样。

布谷鸟筑巢桑树上,小鸟在榛树间来往。
那位贤德的人啊,成为国人的好榜样。
成为国人的好榜样,祝他的寿命万年长!

【注释】

①鸤鸠:布谷鸟。
②淑人:善人。
③仪:言行,态度。

④心如结:比喻用心专一。
⑤带:一种服饰。丝:指素丝。
⑥弁(biàn):一种帽子。骐:青黑色。
⑦忒(tè):差错。
⑧正:法则,榜样。四国:四方之国。
⑨榛:榛树。

【评析】

　　这是赞美君子之诗。全诗四章。诗以鸤鸠起兴。鸤鸠,又名布谷鸟。传说这种鸟哺育幼鸟,同样看待,平均如一,真可以说是鸟中的"君子"。人间的君子其品性与鸤鸠很相似。他腰系白丝织成的大带,头戴青黑绸制作的帽子,仪表端庄。他公正无私,用心均平;他坚定不移,用心专一;他不改常度,不出差错。只有这样的君子,才能成为各国的榜样,成为国人的楷模。这样的君子,怎不健康长寿。不用说,这是诗人理想中的君子形象。

下　泉

冽彼下泉①,浸彼苞稂②。　　泉水下流多寒冷,大片的莠草被淹尽。
忾我寤叹③,念彼周京④。　　我醒着叹息又呻吟,思念往日那周京。

冽彼下泉,浸彼苞萧⑤。　　泉水下流多寒冷,大片的蓬蒿都灭顶。
忾我寤叹,念彼京周。　　我醒着叹息又呻吟,思念往日那周京。

冽彼下泉,浸彼苞蓍⑥。　　泉水下流多寒冷,大片的蓍草全无根。
忾我寤叹,念彼京师⑦。　　我醒着叹息又呻吟,思念往日那周京。

芃芃黍苗⑧,阴雨膏之⑨。　　黄米幼苗长得盛,得到雨露及时润。
四国有王⑩,郇伯劳之⑪。　　各国诸侯朝天子,因有郇伯去慰问。

【注释】

①冽:寒冷。下泉:泉水下流。
②苞稂(láng):丛生的狼尾草。
③忾(xì):叹息。
④周京:周王朝的京城。
⑤萧:香蒿。
⑥蓍(shī):筮草。古用以占筮。
⑦京师:犹"周京"。
⑧芃芃(péng):茂盛的样子。
⑨膏:润泽。
⑩四国:四方之国。有王:朝聘于天子。
⑪郇(xún)伯:文王之子。为州伯,有治诸侯之功。劳:安抚,慰劳。

【评析】

这是乱世思治之诗。据史书记载,重耳流亡至曹,曹共公对他很不礼貌。共公听说重耳腋下肋骨相连如一骨,觉得有趣,很想观赏。待重耳沐浴时,他就靠近偷偷地观看。重耳发觉后从此怀恨在心。后来重耳回到晋国做了国君,为泄私愤,出兵攻入曹国。这可能就是此诗产生的历史背景。全诗四章。前三章写曹人怀念"周京"之明王。诗以旱草遭受寒泉浸湿而被渍死,兴比曹国遭到晋国侵犯而被灭亡。在这亡国之秋,诗人见周室衰微,不能拯救曹国,故而叹息不已,不禁怀念起"周京"之治来。在西周盛世,有明王执政,天下有道,诸侯各国未有敢擅自攻伐他国的。可如今周室没有明王统理诸侯,天下无道,故晋国才敢擅自侵犯曹国。末章写曹人怀念"周京"之贤伯。诗言黍苗茂盛是雨霖滋润的结果,"四国有王"则是郇伯安抚的结果。"郇伯"为文王之子,曾做过州伯,治理一方诸侯颇有功绩。而现在则没有贤伯治理诸侯,致使曹国蒙受如此巨大的灾难。细玩诗意,我们仿佛听到诗人热切怀念明王贤伯的心声。

豳 风

七 月

七月流火①,九月授衣②。
一之日觱发③,二之日栗烈④。
无衣无褐⑤,何以卒岁?
三之日于耜⑥,四之日举趾⑦。
同我妇子,馌彼南亩⑧,
田畯至喜⑨。

七月流火,九月授衣。
春日载阳⑩,有鸣仓庚⑪。
女执懿筐⑫,遵彼微行⑬,
爰求柔桑⑭。
春日迟迟,采蘩祁祁⑮。
女心伤悲,殆及公子同归⑯。

七月流火,八月萑苇⑰。
蚕月条桑⑱,取彼斧斨⑲,
以伐远扬⑳,猗彼女桑㉑。
七月鸣鵙㉒,八月载绩㉓。
载玄载黄㉔,我朱孔阳㉕,

七月火星向西移,九月派人裁寒衣。
冬月北风呼呼起,腊月寒气刺骨肌。
没有粗布没有衣,怎样挨到今年底?
正月修农具,二月去耕地。
偕同老婆和孩子,将饭带到南田里,
农官看到非常喜。

七月火星向西移,九月派人裁寒衣。
春天日子暖洋洋,黄鹂双双把歌唱。
姑娘手提深竹筐,走在那条小路上,
采摘那嫩桑。
春天日子长,人们采蘩忙。
姑娘心里多悲伤,怕被公子抢。

七月火星向西移,八月芦苇正茂畅。
养蚕季节去理桑,手持的斧头亮光光。
砍伐那高起的枝条,牵引那绿油的嫩桑。
七月伯劳在歌唱,八月人们织麻忙。
麻线有黑也有黄,红色的麻线很明亮,

115

为公子裳。 替那公子做衣裳。

四月秀葽㉖,五月鸣蜩。 四月远志结子了,五月知了声声叫。
八月其获㉗,十月陨萚㉘。 八月开镰去割稻,十月树叶纷纷飘。
一之日于貉㉙,取彼狐狸, 冬月去把貉子找,将那狐狸皮剥掉,
为公子裘。 替那公子做皮袄。
二之日其同㉚,载缵武功㉛。 冬月大伙齐出动,继续操练打猎的技巧。
言私其豵㉜,献豜于公㉝。 猎得小猪归自己,大兽献给公府做佳肴。

五月斯螽动股㉞,六月莎鸡振羽㉟。 五月蚱蜢弹腿响,六月纺织娘抖翅膀。
七月在野,八月在宇, 七月蟋蟀在田野,八月蟋蟀在檐下方,
九月在户,十月蟋蟀入我床下。 九月蟋蟀在门旁,十月蟋蟀在我床下藏。
穹窒熏鼠㊱,塞向墐户㊲。 堵墙洞熏老鼠,涂门缝塞北窗。
嗟我妇子,曰为改岁㊳, 可怜我老婆和孩子,算是过个年,
入此室处! 只好住进这破房。

六月食郁及薁㊴,七月亨葵及菽㊵。 六月吃山楂和葡萄,七月把葵菜豆子来烹调,
八月剥枣㊶,十月获稻。 八月去扑枣,十月收水稻。
为此春酒,以介眉寿㊷。 把这甜酒来酿造,乞求老人年寿高。
七月食瓜,八月断壶㊸, 七月吃瓜类,八月摘葫芦做水瓢,
九月叔苴㊹,采荼薪樗㊺, 九月拾麻子把粥熬,采苦菜吃砍臭椿烧。
食我农夫㊻。 养活全家老和小。

九月筑场圃㊼,十月纳禾稼㊽。 九月修好打谷场,十月把庄稼来收藏。
黍稷重穋㊾,禾麻菽麦。 作物有黍米豆麦,还有那稻麻和高粱。
嗟我农夫,我稼既同㊿, 唉,我们这些农夫,庄稼刚收完,
上入执宫功[51]! 还要到公府去帮忙。
昼尔于茅[52],宵尔索绹[53]。 白天割茅草,夜晚搓绳缰。

亟其乘屋(54)，其始播百谷。

急忙爬到屋顶上，转眼间播谷又要忙。

二之日凿冰冲冲(55)，
三之日纳于凌阴(56)。
四之日其蚤(57)，献羔祭韭(58)。
九月肃霜(59)，十月涤场(60)。
朋酒斯飨(61)，曰杀羔羊。
跻彼公堂(62)，称彼兕觥(63)，
万寿无疆！

腊月凿冰冲冲响，
正月把冰窖里藏。
二月行祭礼，献上韭菜和羔羊。
九月天气爽，十月扫谷场。
两杯甜酒来用享，叫我宰杀肥羔羊。
一起登上大厅堂，举起那酒杯，
祝福老爷万寿无疆。

【注释】

①流火：火星向下降落。

②授衣：叫女工裁寒衣。

③一之日：相当于周历正月、夏历十一月。觱发(bì bō)：寒风呼号，触物之声。

④二之日：相当于周历二月、夏历十二月。栗烈：寒冷。

⑤褐(hè)：粗布短衣。

⑥三之日：相当于周历三月、夏历正月。于：修理。耜(sì)：农具。

⑦四之日：相当于周历四月、夏历二月。举趾：举步下地耕种。

⑧馌(yè)：带饭下地。

⑨田畯(jùn)：农官。至喜：非常高兴。

⑩载:开始。阳:暖和。

⑪有:又。仓庚:黄鹂。

⑫懿(yì)筐:深筐。

⑬遵:顺着。微行:小路。

⑭爱:于是。柔桑:嫩桑叶。

⑮繁:白蒿。祁祁:众多貌。

⑯殆:恐怕。及公子同归:意为被公子强行带走。

⑰萑(huán)苇:芦苇。割芦苇,为养蚕之用。

⑱蚕月:养蚕的月份。指周历五月,夏历三月。条桑:修剪桑枝。

⑲斨(qiāng):一种方孔的斧。

⑳远扬:远而高扬的桑枝。

㉑猗:攀引。女桑:嫩叶。

㉒鵙(jú):伯劳鸟。

㉓载:则,就。绩:纺织。

㉔载:又。玄:黑红色。

㉕孔阳:颜色很鲜明。

㉖秀:生穗结子。葽:远志草。

㉗其获:农作物收获的季节。

㉘陨萚:草木叶子脱落。

㉙于:捕取。貉:似狐的兽。

㉚同:会集在一起。

㉛缵(zuǎn):继续。武功:指打猎。

㉜言:语助词。私其豵:小兽可归自己。豵(zōng):一岁的小猪,泛指小兽。

㉝豜(jiān):三岁的大猪,泛指大兽。

㉞斯螽:蚱蜢。动股:两股摩擦发声。指鸣叫。

㉟莎(suō)鸡:虫名,纺织娘。振羽:振翅而鸣。

㊱穹窒(zhì):堵塞空隙。

㊲向:朝北的窗子。墐(jìn):涂泥。

㊳曰:语助词。改岁:除旧岁,迎新年。

㊴郁:植物名。薁(yù):野葡萄。

118

㊵亨:同“烹”。葵:冬葵,可食。菽:豆子。

㊶剥:扑,打。

㊷介:求。眉寿:长寿。

㊸壶:葫芦。

㊹叔:拾取。苴(jū):麻子。可食。

㊺荼:苦菜。樗(shū):臭椿树。

㊻食(sì):养活。

㊼场圃:晒粮食的场地。

㊽纳禾稼:把谷物收进仓库。

㊾稷:高粱。重:即“穜”,晚熟的作物。穋(lù):早熟的作物。

㊿同:收齐,集中。

(51)上:通“尚”。还。执:执行,指服役。宫功:室内的劳务。

(52)于茅:去割茅草。

(53)宵:夜晚。索绹(táo):搓绳子。

(54)亟:急忙,赶快。乘屋:上房修理屋顶。

(55)冲冲:凿冰声。

(56)纳:藏。凌阴:冰窖。

(57)蚤:通“早”。早是一种祭祀仪式。

(58)羔:小羊。羔和韭菜都是祭品。

(59)肃霜:天高气爽。

(60)涤场:打扫场地。

(61)朋酒:两坛酒,两壶酒。飨:同“享”。享用。

(62)跻:登上。

(63)称:双手举起。兕觥:古代的酒器。

【评析】

这是反映农奴生活苦状之诗。此诗在国风中篇幅最长,展现的社会生活画面最为广阔,它可以说是那个时代农村社会的一个缩影。全诗八章。一章总写农奴一年的生活苦状。二章写女奴采桑、采蒿,唯恐被公子抢去,不禁暗自悲伤。三章写女奴养蚕、纺绩、漂染,一句“为公子裳”

寄寓着女奴的辛酸。四章写农奴的打猎活动。农奴将捕获的野兽"为公子裘",并将大野兽全部献给王公,再次揭示了人间的不公平。五章写农奴居住环境的恶劣。寒冬来临,他们赶紧堵空洞,熏老鼠,涂门缝,塞窗户,以便"入此室处",聊以"改岁"。六章写农奴食物的缺乏。他们只能靠瓜果野菜充饥,而收获的粮食则要为贵族酿酒,以供宴饮取乐。七章写农事完毕,农奴还要替贵族干家务杂活。八章写天寒地冻时,农奴还得为贵族凿冰、储冰。年终还要备酒杀羊,祝福贵族老爷万寿无疆。此诗虽不像《伐檀》《硕鼠》那样具有强烈的反抗性,但全诗贯穿着一个线索,就是鲜明的阶级对立关系。诗中有意识地将农奴与贵族生活加以对照,从而揭示了那个社会不合理的实质。

雅

小　雅

鹿　鸣

呦呦鹿鸣①,食野之苹②。
我有嘉宾,鼓瑟吹笙。
吹笙鼓簧,承筐是将③。
人之好我,示我周行④。

呦呦鹿鸣,食野之蒿。
我有嘉宾,德音孔昭⑤。
视民不恌⑥,君子是则是效⑦。
我有旨酒,嘉宾式燕以敖⑧。

呦呦鹿鸣,食野之芩⑨。
我有嘉宾,鼓瑟鼓琴。
鼓瑟鼓琴,和乐且湛⑩。
我有旨酒,以燕乐嘉宾之心⑪。

野鹿呦呦地长鸣,吃那原野的青苹。
我有一些好客人,弹起瑟来吹起笙。
奏起簧来吹起笙,捧出竹筐赠客人。
客人爱护我,指示大道方向明。

野鹿呦呦地鸣叫,吃那原野的青蒿。
我有一些好客人,他们的品德很崇高。
指示百姓不轻佻,君子把他们来仿效。
我有甜美的醇酒,客人宴饮乐陶陶。

野鹿呦呦地长鸣,吃那原野的青芩。
我有一些好客人,弹起瑟来弹起琴。
弹起瑟来弹起琴,大家和乐且尽兴。
我有甜美的醇酒,用来安慰客人的心。

【注释】

①呦呦(yōu):鹿鸣声。

②苹:藾蒿。

③承:捧。筐:盛币帛的竹器。将:赠送。

④周行:大道。

⑤德音:品德。孔昭:很光明。

⑥视:示。不恌(tiāo):不轻佻。
⑦是:指示代词。指代"嘉宾"。则、效:效法。
⑧式:语助词。燕:宴饮。敖:快乐。
⑨芩(qín):蒿类。
⑩湛:尽兴。
⑪燕:安。

【评析】

这是君王宴饮群臣之诗。全诗三章。每章首二句以鹿鸣呼朋食蒿,兴比君王宴饮群臣。每章后六句内容各有侧重。首章重在写君王厚待群臣。群臣刚到,君主便吩咐演奏优美的音乐,以示欢迎。随之捧出盛满币帛的竹筐赠给群臣,以示厚爱。君王如此厚待群臣,意在群臣能指出一条康庄大道。次章写君王盛赞群臣。群臣的道德都很光明,能指示百姓不苟且偷安,因此君子都应效法群臣。宴会伊始,君王举起酒杯,热情地说道:我有甜美的醇酒,让群臣痛饮,心情舒畅。末章写君王燕乐群臣。此时宴会达到了高潮,优美的音乐再次奏起,主宾尽欢,十分融洽。君王又举起酒杯,深情地说道:我有甜美的醇酒,用以宴乐群臣之心。此诗对后世影响很大。无论是外交场合,还是宴请宾客,往往歌《鹿鸣》之诗。

常　棣

常棣之华①,鄂不韡韡②,　　　棠棣盛开的花朵,花萼花蒂多艳丽。
凡今之人,莫如兄弟。　　　　如今一般的人,都不如亲兄弟。

死丧之威③,兄弟孔怀④。　　死丧多可怕,只有兄弟很牵挂。
原隰裒矣⑤,兄弟求矣。　　　山川变迁大,只有兄弟来探查。

脊令在原⑥,兄弟急难。　　　鹡鸰鸟在高原,兄弟们救急难。
每有良朋⑦,况也永叹⑧,　　虽有好朋友,只是送来长叹。

兄弟阋于墙⑨,外御其务⑩。　兄弟有时在家争斗,但能共同抵抗侮辱。
每有良朋,烝也无戎⑪。　　　虽有好朋友,但谁也不相助。

丧乱既平,既安且宁。　　　　丧亡祸乱平定,生活平静安宁。
虽有兄弟,不如友生?　　　　虽有亲兄弟,但不如朋友深情。

傧尔笾豆⑫,饮酒之饫⑬。　　陈列竹碗木碗,宴饮心足意满。
兄弟既具⑭,和乐且孺⑮。　　兄弟今日团聚,互相亲热温暖。

妻子好合⑯,如鼓瑟琴。　　　夫妻意厚情深,如奏琴瑟心相印。
兄弟既翕⑰,和乐且湛⑱。　　兄弟今日团聚,大家和乐且无尽。

宜尔室家,乐尔妻帑⑲。　　　使你的全家和睦,使你的妻儿快乐。
是究是图⑳,亶其然乎㉑!　　要好好体会力行,这话的确不错!

【注释】

①常棣:即棠棣。

②鄂:通"萼"。花苞。不:花蒂。韡(wéi):繁盛。

③威:畏。

④孔怀:很关心。

⑤裒(póu):变迁。

⑥脊令:即鹡鸰。

⑦每:虽。

⑧况:增加。永叹:长叹。

⑨阋(xì):怨恨,争斗。

⑩务:通"侮"。外侮。

⑪烝:语助词。戎:相助。

⑫傧:陈列,摆好。笾(biān)豆:盛水果、菜肴的食器。

⑬之:语助词,无实义。饫(yù):吃得满足。

⑭具:俱,都已到齐。

⑮孺:相亲,欢愉。

⑯好合:情投意合。

⑰翕(xì):聚集。

⑱湛:快乐之甚。

⑲妻帑(nú):妻与子。

⑳究:深思。图:考虑。

㉑亶(dǎn):确实,诚然。其:指兄弟亲近之理。

【评析】

这是诉说兄弟情谊之诗。全诗八章。首章总写兄弟情谊。常棣的花朵,其花萼、花蒂繁盛,故承受花朵甚力。诗以比兴比骨肉兄弟不可分离,应相互救助。诗接着提出"凡今之人,莫如兄弟"作为一篇之主旨。二至五章具体写兄弟情谊。二章写死丧之可畏,唯有兄弟最关怀,山川

126

之变迁,也只有兄弟来寻求。三章以鹡鸰鸟在高岸相依相护,兴比兄弟如有祸难也会相互急救。当此之时,虽有一些好朋友,只是添加一声长叹而已。四章写尽管兄弟不免同室争斗,但抵御外侮则是一致的。当此之际,虽有一些好朋友,都不肯前来相助。五章写丧乱平定了,生活安宁了,虽有兄弟,但不如朋友。讲这番话语,意在说明在危难之时方见兄弟情谊之可贵。六章写家宴之乐。装满水果、菜肴的食具已摆设成行,兄弟们都已到齐,大家欢聚一堂,开怀畅饮,其乐融融。末二章写美好的祝愿。希望兄弟们要同妻子情投意合,就像弹奏琴瑟一样和谐。兄弟们既已聚集在一起,就该和乐又愉快。还要使你的家庭和睦,使你的妻儿快乐。你们要深思此理,考虑此事,兄弟情谊的确应该如此。

伐　木

伐木丁丁①,鸟鸣嘤嘤②。
出自幽谷,迁于乔木③。
嘤其鸣矣④,求其友声。
相彼鸟矣,犹求友声。
矧伊人矣⑤,不求友生⑥?
神之听之⑦,终和且平⑧。

伐木许许⑨,酾酒有藇⑩。
既有肥羜⑪,以速诸父⑫。
宁适不来⑬,微我弗顾⑭?
於粲洒扫⑮,陈馈八簋⑯。
既有肥牡⑰,以速诸舅⑱。
宁适不来,微我有咎⑲?

砍树之声响丁丁,鸟鸣之声响嘤嘤。
鸟儿从深谷飞出来,飞到高大的树木顶。
鸟儿嘤嘤地长鸣,是为了寻求朋友的应声。
看那鸟儿,还知寻求朋友应声。
何况是人呀,怎不知寻求友朋?
天神得知此情,也会赐给和乐而安宁。

砍树之声呼呼响,过滤的美酒扑鼻香。
已备有肥嫩的小羔羊,请同姓尊长来品尝。
宁可恰巧因故不能来,并非我不顾念那尊长。
把庭堂打扫得干干净净,八大盘佳肴全摆上。
已备有肥嫩的小公羊,请异姓尊长来品尝。
宁可恰巧因故不能来,并非我失礼不妥当。

伐木于阪⑳,酾酒有衍㉑。
笾豆有践㉒,兄弟无远。
民之失德㉓,干糇以愆㉔。
有酒湑我㉕,无酒酤我㉖。
坎坎鼓我㉗,蹲蹲舞我㉘。
迨我暇矣,饮此湑矣。

砍伐树木在坡上,过滤的美酒满杯装。
食具摆成一行行,兄弟们一起都到场。
有些人伤和气,饮食小事酿祸殃。
有酒就过滤,没酒就去买。
咚咚地敲起鼓,翩翩地舞起来。
等到我有空闲时,再请诸位喝痛快。

【注释】

① 丁丁(zhēng):伐木声。

② 嘤嘤:鸟惊惧声。

③ 迁:上升。乔木:高木。

④ 嘤其:嘤嘤。

⑤ 矧(shěn):何况。

⑥ 友生:朋友。生:语助词。

⑦ 神听:神听到。

⑧ 终:既。

⑨ 许许:锯木声。

⑩ 酾(shī):滤酒。藇(xù):酒味美。

⑪ 羜(zhù):五个月的小羊羔。

⑫ 速:召请,邀至。诸父:同姓的长者。

⑬ 适:恰巧。

⑭ 微:无。顾:顾念。

⑮ 於:叹词。粲:明洁,干净。

⑯ 馈:食物。簋(guǐ):食器。

⑰ 牡:公羊。

⑱ 诸舅:异姓的长者。

⑲ 咎:过错。

⑳ 阪:山坡。

㉑ 衍:酒满杯的样子。

㉒践:陈列整齐的样子。
㉓失德:特指失去友谊。
㉔干糇:干粮,代指粗陋简单的食物。愆:过错。
㉕湑(xǔ):澄滤。我:语助词。
㉖酤:买酒。
㉗坎坎:击鼓声。
㉘蹲蹲:舞貌。

【评析】

　　这是宴请朋友之诗。全诗三章。首章写人当求友。鸟鸣嘤嘤是为了寻找伴侣,何况是人,岂不寻求朋友?天神得知此情,也会降下和平之福。次章写盛情待客。既筛好醇厚的美酒,又备好鲜嫩的肥羊,还摆出八大盘食品,并将屋子打扫得干干净净。一切准备停当,就去邀请"诸父"、"诸舅"前来做客。主人心想,宁可客人恰巧有故不能前来,不要以为我不予顾念,也不要以为我有什么过错。末章写宴饮之乐。杯中斟满美酒,食器摆放整齐。主人深情地说道:兄弟要和睦相处,千万不要疏远。普通人不讲友情,为了干粮不肯分人而获罪过。大家尽情地喝吧,有酒则澄滤,无酒则购买;大家尽情地乐吧,坎坎地击鼓,翩翩地起舞。等到闲暇之时,请大家再来畅饮美酒。主人好客于此可见。

天　保

天保定尔①,亦孔之固②。　　上天保佑您,根基很牢固。
俾尔单厚③,何福不除④。　　使您更富有,何福不备具。
俾尔多益,以莫不庶⑤。　　使您受多益,没啥不丰富。

天保定尔,俾尔戬谷⑥。　　上天保佑您,使您有福寿。
罄无不宜⑦,受天百禄⑧。　　没啥不相宜,受天百种禄。

降尔遐福⑨,维日不足⑩。　　降给您大福,何日不充足。

天保定尔,以莫不兴。　　上天保佑您,没啥不兴旺。
如山如阜⑪,如冈如陵,　　像高山像土丘,像山陵像山冈。
如川之方至,以莫不增。　　像河水涌来,没啥不增长。

吉蠲为饎⑫,是用孝享⑬。　　清洁酒食香,祭品都献上。
禴祠烝尝⑭,于公先王⑮。　　春夏秋冬祭祀忙,奉祀历代的先王。
君曰卜尔⑯,万寿无疆。　　先君说赐给您,寿命万年长。

神之吊矣⑰,诒尔多福⑱。　　天神降人间,赐您好多福。
民之质矣⑲,日用饮食。　　百姓的根本,是日用饮食足。
群黎百姓⑳,遍为尔德㉑。　　百姓和百官,都托您的福。

如月之恒㉒,如日之升。　　像月亮上弦,像太阳初升。
如南山之寿,不骞不崩㉓。　　像南山高寿,不塌也不崩。
如松柏之茂,无不尔或承㉔。　　像松柏繁茂,无不相继承。

【注释】

①保定:保佑,安定。

②孔:很。固:巩固,牢固。

③俾(bǐ):使。单厚:强大,富有。

④除:通"涂"。多。

⑤庶:富庶,众多。

⑥戬(jiǎn)谷:福禄,幸福。

⑦罄:无。

⑧百禄:众多之福。
⑨遐:长远。
⑩维:只。
⑪阜(fù):高大的土山。
⑫吉蠲(juān):清洁。饎:酒食。
⑬孝享:祭祀祖先。
⑭禴(yuè):夏祭。祠:春祭。烝:冬祭。尝:秋祭。
⑮公:公侯。
⑯君:先君,指被祭的祖先。卜:赐予。
⑰吊:至,指神灵降临。
⑱诒:通"贻"。给予。
⑲质:根本。
⑳群黎:群众,人民。
㉑为:受。一说感化。
㉒恒:月上弦。
㉓骞:亏损。崩:毁坏。
㉔或:语助词。承:继承,承受。

【评析】

　　这是尸祝向主人祝福之诗。全诗六章。前三章写上天赐福主人。首章写上天保佑你洪福牢固,使你非常富有。二章写上天保佑你万事顺心,使你享受长远的福禄。三章写上天使你的事业兴旺发达,像大山一样隆起,像江河一样奔流。四、五章写对主人提出的要求。一是要求主人诚心敬事鬼神,四季祭祀祖先的食物要清洁。二是要求主人要立德保民,牢记日用饮食为民之本。这敬事鬼神、立德保民正是上天赐福的条件。末章写尸祝再向主人祝福。祝福主人事业发达,如月上弦,如日东升;祝福主人身体安康,如南山之寿,如松柏繁茂。如此,后人无不继承你的美德和事业。此诗用多重比喻渲染气氛。诗中反复祝愿主人"如山如阜,如冈如陵,如川之方至","如月之恒,如日之升,如南山之寿……如松柏之茂",一共用了九个"如"字,所以又称"天保九如"。

采 薇

采薇采薇①,薇亦作止②。 采薇菜呀采薇菜,薇菜早春刚冒尖。
曰归曰归,岁亦莫止③。 回家吧回家吧,转眼之间到残年。
靡室靡家④,狁之故⑤。 有家就像没有家,抵御狁驻前线。
不遑启居⑥,狁之故。 没有空闲歇一下,抵御狁驻前线。

采薇采薇,薇亦柔止。 采薇菜呀采薇菜,薇菜晚春还很嫩。
曰归曰归,心亦忧止。 回家吧回家吧,心中很忧闷。
忧心烈烈⑦,载饥载渴。 心中忧闷像火焚,饥难忍来渴难忍。
我戍未定⑧,靡使归聘⑨。 驻防地点未确定,无人回去捎个信。

采薇采薇,薇亦刚止⑩。 采薇菜呀采薇菜,薇菜盛夏粗而老。
曰归曰归,岁亦阳止⑪。 回家吧回家吧,阳春十月又来到。
王事靡盬⑫,不遑启处⑬。 官府差遣无止息,没有空闲歇一宵。
忧心孔疚⑭,我行不来⑮。 忧愁的心儿很痛苦,我们出征谁慰劳。

彼尔维何⑯?维常之华⑰。 那华丽的是什么?是棠棣的花朵在怒放。
彼路斯何⑱?君子之车。 那高大的是什么?是将军的兵车在闪光。
戎车既驾⑲,四牡业业⑳。 兵车已经驾起来,四马高大而雄壮。
岂敢定居?一月三捷㉑。 怎敢安然住下来?一月打三个大胜仗。

驾彼四牡,四牡骙骙㉒。 驾起四马之车,四马威武而强壮。
君子所依㉓,小人所腓㉔。 将军坐在兵车上,士兵靠它来隐藏。
四牡翼翼㉕,象弭鱼服㉖。 四马行进有次序,象牙弓袋鱼皮箭囊。
岂不日戒㉗?狁孔棘㉘。 怎不天天警戒?狁实在猖狂。

昔我往矣,杨柳依依。　　从前我出发时,杨柳轻轻飘荡。
今我来思㉙,雨雪霏霏㉚。　如今我返回家乡,大雪纷纷扬扬。
行道迟迟,载渴载饥。　　慢腾腾一路走来,饥难忍来渴难当。
我心伤悲,莫知我哀!　　我的内心多凄惨,谁人知道我忧伤。

【注释】

①薇:野豆苗,可食。
②作:出生。止:语助词。
③莫:即"暮"。
④靡室靡家:远离家室,犹如无家室。
⑤狁(xiǎn yǔn):西周时北方的一个游牧民族。
⑥不遑:没有工夫。启居:正常生活。
⑦烈烈:火势很盛貌。
⑧定:安定,定处。
⑨使:使者。聘:探问。
⑩刚:坚硬。
⑪阳:十月。
⑫靡盬:没有停息。
⑬启处:同启居。
⑭疚:病痛。
⑮来:慰勉。
⑯尔:一作"荣",指花盛的样子。
⑰常:棠棣树。华:花。
⑱路:大。
⑲戎车:兵车,战车。
⑳业业:强壮高大貌。
㉑三捷:多次取胜。
㉒骙骙(kuí):马壮健的样子。
㉓依:立乘,靠车站着。
㉔腓(féi):掩蔽。

133

㉕翼翼：排列严整。
㉖象弭(mǐ)：以象骨镶饰的弓梢。鱼服：鱼皮制成的箭袋。
㉗日戒：每日都戒备着。
㉘孔棘：指战事很紧急。
㉙思：语助词。
㉚霏霏：雨雪纷飞的样子。

【评析】

　　这是士兵出征还归之诗。全诗六章。首三章写士兵思归。在出征的日子里，士兵们无时无刻不在思归。他们无室无家，每天出征，又饥又渴，无暇休息，是因为猃狁入侵的缘故。为此，他们内心充满了忧伤和痛苦。更为可叹的是，他们出征日久，竟没有谁来慰问一声。中二章写战斗场面。战车已经出动，四匹公马高大。主帅乘坐在战车上指挥战斗，士兵们则尾随其后隐藏身躯。士兵们全副武装，日夜戒备，随时准备迎击猃狁的侵犯。末章写士兵返家。当年出征之时，正值杨柳依依的春日；现在回家之时，却是雨雪纷纷的冬天。归路漫漫，行走迟缓，还要忍受饥渴，又不禁沉浸在一种深沉的感伤之中。此章"昔我往矣，杨柳依依，今我来思，雨雪霏霏。"被奉为千古写景抒情的佳句。以"依依"形容杨柳，以"霏霏"形容雨雪，得物态之神韵；以杨柳代春天，以雨雪代冬天，正暗示时序之推移；"依依"显别离之难舍，"霏霏"状思绪之纷乱，真可谓景中蕴涵人情。

杕　杜

有杕之杜①,有睆其实②。
王事靡盬,继嗣我日③。
日月阳止④,女心伤止,
征夫遑止⑤。

有杕之杜,其叶萋萋。
王事靡盬,我心伤悲。
卉木萋止⑥,女心悲止,
征夫归止。

陟彼北山,言采其杞⑦。
王事靡盬,忧我父母。
檀车幝幝⑧,四牡痯痯⑨。
征夫不远。

匪载匪来⑩,忧心孔疚⑪。
期逝不至⑫,而多为恤⑬。
卜筮偕止⑭,会言近止⑮,
征夫迩止⑯。

孤零零的棠梨树,它的果实溜溜圆。
官府差遣无穷尽,回家日子又拖延。
进了十月到残年,我的心里多忧伤,
丈夫也该有空闲。

孤零零的棠梨树,它的叶子绿汪汪。
官府差遣无穷尽,我的心里多悲凉。
草木长得很兴旺,我的心里多悲伤,
丈夫也该回家乡。

登上那北山崖,我把那枸杞采。
官府差遣无穷尽,使我父母愁难解。
檀木车儿已破败,四匹公马也累坏,
丈夫很快会回来。

丈夫没坐车回来,我的心里很悲哀。
归期已过人未回,千忧百虑涌心怀。
又问灵龟又问卦,都说归期已接近,
丈夫马上可回来。

【注释】

①杕(dì):树木孤生的样子。杜:棠梨树。
②睆(huǎn):果实浑圆的样子。
③继嗣:延长,继续。

④阳:农历十月。止:语助词。
⑤遑:闲暇。
⑥卉木:各类草木。
⑦言:语助词。杞:枸杞。
⑧檀车:檀木所制的车。幝幝(chǎn):破旧。
⑨痯痯(guǎn):疲劳。
⑩匪载匪来:(丈夫)没有坐车归来。
⑪孔疚:很痛苦。
⑫期逝:预定的归期已过。
⑬恤:忧愁。
⑭卜:以龟甲占吉凶。筮:以蓍草占吉凶。
⑮会:合,都。
⑯迩:近。

【评析】
　　这是妇人思念征夫之诗。全诗四章。前三章写思念之苦。孤独的棠梨树,它的果实浑圆。这表明时序已进入秋天。因为王事没完没了,时间一天天延长。现在已至十月,她的心中充满悲伤。她希望丈夫空闲之时,能回家与亲人团聚。孤独的棠梨树,它的叶子繁茂;各种草木生机盎然,郁郁葱葱。这暗示时序已进入春天。因为王事没完没了,丈夫依然没有回来,因而她的内心非常痛苦。她登上北山,采摘枸杞。她举目远眺,企盼丈夫归来。因为王事没完没了,致使父母非常担忧。她想象丈夫车破马疲,归期该不会远吧！末章写卜问归期。她不见丈夫装车归来,心中更加悲苦。她又是占卜又是算卦,卜辞卦辞都说归期就要到了,丈夫很快就要回来了。妇人卜筮兼问,盼夫归来情切可知。

鸿　雁

鸿雁于飞①,肃肃其羽②。　　大雁在飞翔,两翅嗖嗖响。
之子于征③,劬劳于野④。　　使臣去远行,郊野苦尽尝。
爰及矜人⑤,哀此鳏寡⑥。　　哀及贫苦人,鳏寡更可伤。

鸿雁于飞,集于中泽⑦。　　大雁在飞翔,聚在湖中央。
之子于垣⑧,百堵皆作⑨。　　使臣去筑墙,筑起百方丈。
虽则劬劳,其究安宅⑩。　　虽然吃尽苦,终有安身房。

鸿雁于飞,哀鸣嗷嗷⑪。　　大雁在飞翔,悲鸣声嗷嗷。
维此哲人⑫,谓我劬劳。　　这些聪明人,说我真辛劳。
维彼愚人⑬,谓我宣骄⑭。　　那些糊涂虫,说我太骄傲。

【注释】

①鸿雁:大雁。于:语助词。

②肃肃:鸟拍羽翼之声。

③之子:指使臣。征:远行。

④劬(qú)劳:辛苦劳累。

⑤爰:语助词。矜人:受苦人。

⑥鳏(guān):老而无妻者。

⑦中泽:水泽之中。

⑧垣(yuán):筑墙,盖房。

⑨堵:一面墙。

⑩究:终于。安宅:安居之所。

⑪嗷嗷:哀鸣之声。

⑫哲人:指贤明的统治者。
⑬愚人:指昏聩无知的统治者。
⑭宣骄:骄傲。

【评析】

　　这是使臣安抚流民之诗。全诗三章。每章前二句写流民。一章以大雁急速飞翔,双翅簌簌作响,兴比流民逃往他乡。二章以大雁急速飞翔,聚于水泽中央,兴比流民寄寓荒野。三章以大雁急速飞翔,悲鸣之声嗷嗷,兴比流民急盼救助。每章后四句写使臣。一章写他出使四方,在野外奔波劳累,救济那些受苦之人,同情那些无依无靠的鳏寡孤独之人。二章写他巡视工地,指挥筑墙盖屋。虽然他很辛苦,但是流民终于有了安居之所。末章写他的心理活动。只有通晓事理的"哲人"才说我真辛劳;只有昏聩无知的"愚人",才说我太骄傲。这四句是使臣的表白,与《魏风·园有桃》"不知我者,谓我士也骄"诗意正同。

鹤　鸣

鹤鸣于九皋①,声闻于野。
鱼潜在渊②,或在于渚③。
乐彼之园④,爰有树檀⑤,
其下维萚⑥。
他山之石,可以为错⑦。

鹤鸣于九皋,声闻于天。
鱼在于渚,或潜在渊。
乐彼之园,爰有树檀,
其下维榖⑧。
他山之石,可以攻玉⑨。

白鹤在水泽边鸣叫,它的叫声响彻荒郊。
鱼儿时而沉入深渊,时而又浮出水礁。
那美丽的园林,既有高大的檀树,
又有矮小的软枣。
其他山上的石头,可以用来磨刀。

白鹤鸣叫在水泽边,它的叫声响彻云天。
鱼儿时而浮出水面,时而又沉入深渊。
那美丽的园林,既有高大的檀树,
又有矮小的楮树。
其他山上的石头,可以用来磨玉。

【注释】

①九皋(gāo):深远的水泽。

②渊:深潭。

③渚(zhǔ):此指小洲边的浅水。

④乐:通"栎"。美丽。

⑤树檀:檀树。一种贵重木材。

⑥萚(tuò):软枣树。

⑦错:磨石。
⑧榖(gǔ):楮树。
⑨攻:磨制玉器。

【评析】

　　这是招贤纳士之诗。全诗二章。此诗全用比体。每章首二句以"鹤"设喻。白鹤在深远的水泽边鸣叫,它的叫声传遍四野,响彻云天。诗以此比喻那些身隐名显的贤才。每章三、四句以"鱼"设喻。鱼儿时而沉入深渊,时而又浮出水面。诗以此比喻那些去就无常的奇才。每章中三句以"树"设喻。在美丽的园林中,有各种各样的树木,其中有檀树,有枣树,有楮树等等。高大的檀树可以制轮制车,低矮的枣树可以制橛制桩。诗以此比喻那些可担重任的大才和不可缺少的小才。每章末二句以"石"设喻。其他山上的石头,可制作玉器。诗以此比喻那些为我所用的异国之才。治理国家需要有各种各样的人才。国君若能招贤纳士,让他们各尽其才,就有望治理好国家。

白　驹

皎皎白驹①,食我场苗。
絷之维之②,以永今朝③。
所谓伊人④,于焉逍遥⑤?

皎皎白驹,食我场藿⑥。
絷之维之,以永今夕。
所谓伊人,于焉嘉客?

皎皎白驹,贲然来思⑦。
尔公尔侯⑧,逸豫无期⑨。

白生生的小马儿,吃我场上的豆苗。
拴起它系起它,延长欢乐的今朝。
所说的那个人,在哪里逍遥?

白生生的小马儿,吃我场上的豆叶。
拴起它系起它,延长欢乐的今夜。
所说的那个人,到哪里去做客?

白生生的小马儿,飘然来到这里。
你这高贵的客人,真是欢乐无期。

慎尔优游⑩,勉尔遁思⑪。　　珍惜你优游的岁月,切莫轻易地别离。

皎皎白驹,在彼空谷⑫。　　白生生的小马儿,在那深山谷中行。
生刍一束⑬,其人如玉。　　青青草儿割一把,那人真像玉般洁净。
毋金玉尔音⑭,而有遐心⑮。　不要珍惜你的音讯,而有疏远我的心。

【注释】

①皎皎:洁白,光亮。驹:两岁的小马。一说五尺以上的马。

②絷(zhí):捆住马足。维:拴住马缰绳。

③永:长,多留一些时间。

④伊人:那人,指白驹的主人。

⑤于焉:于何,在何处。

⑥藿:豆叶,豆苗。

⑦贲(bēn)然:奔驰之状。

⑧尔公尔侯:对伊人的尊称。

⑨逸豫:安乐。无期:无极。

⑩优游:逍遥,自由自在。

⑪勉:免。劝止语。遁思:遁世,隐居。

⑫空谷:穹谷,深谷。

⑬生刍:青草,马饲料。

⑭金玉尔音:以尔音为金玉,吝惜你的音讯。

⑮遐心:疏远之心。

【评析】

　　这是女子怀念男子之诗。全诗四章。前两章写女子的希望。她希望白马少年到自己家里来做客,自己要喂他的白驹,拴住马的缰绳,留客人多住一些时间,在一起度过欢乐的白天和黑夜。然而这位白马少年,他在哪里游玩呢?他在哪里做客呢?后两章写女子的情思。这位白马少年终于被盼到了。他骑着白驹,由远至近,疾驰而来。女子欣喜地说道:你是尊贵的公侯般的贵宾,你的欢乐没有止尽。望你不要游乐无度,

141

不要老想着离开这里。然而在一起的日子总是短暂的。他终于要离开了。他骑着白驹到了空谷之中,还扯了一把青草喂着白驹。男子纯洁如玉的形象,引起女子无穷的怀念。她暗自想道:"你要经常以书信传递消息,不要有疏远之心啊!"

斯 干

秩秩斯干①,幽幽南山②。
如竹苞矣③,如松茂矣。
兄及弟矣,式相好矣④,
无相犹矣⑤。

似续妣祖⑥,筑室百堵⑦,
西南其户⑧。
爰居爰处⑨,爰笑爰语。

约之阁阁⑩,椓之橐橐⑪。
风雨攸除⑫,鸟鼠攸去,
君子攸芋⑬。

如跂斯翼⑭,如矢斯棘⑮,
如鸟斯革⑯,如翚斯飞⑰,
君子攸跻⑱。

殖殖其庭⑲,有觉其楹⑳。
哙哙其正㉑,哕哕其冥㉒。
君子攸宁。

涧溪水多清澈,终南山多幽深。
这里绿竹丛生,这里青松茂盛。
哥哥和弟弟,要相互友好,
不要相互欺凌。

继承先妣先祖,筑成房屋百间。
向西向南开户。
全家来此居住,有说有笑相处。

捆束墙板声阁阁,夯土筑墙声嗒嗒。
风难吹雨难打,鸟飞走鼠搬家,
君子到此来住下。

宫室像巨人般张望,四角像飞箭射四方,
屋宇像大鸟般振翅膀,屋檐像锦鸡般明亮。
这是君子登堂的地方。

厅堂平正端庄,楹柱高大粗壮。
正室宽敞明亮,内室深邃宽广,
这是君子安居的地方。

下莞上簟㉓,乃安斯寝。
乃寝乃兴㉔,乃占我梦。
吉梦维何?维熊维罴,
维虺维蛇㉕。

大人占之㉖:
维熊维罴,男子之祥;
维虺维蛇,女子之祥。

乃生男子,载寝之床,
载衣之裳,载弄之璋㉗。
其泣喤喤㉘,朱芾斯皇㉙,
室家君王㉚。

乃生女子,载寝之地,
载衣之裼㉛,载弄之瓦㉜。
无非无仪㉝,唯酒食是议,
无父母诒罹㉞。

下铺蒲席上铺簟,舒舒服服去就寝。
于是休息于是起身,于是占卜我梦境。
好梦是什么?是小熊和大熊,
是虺蜴和长虫。

卜人占了梦:
是小熊和大熊,是生男子的预兆;
是虺蜴和长虫,是生女子的预兆。

如果生下男孩,让他睡在床上,
给他穿上衣裳,给他玩弄玉璋。
他的哭声洪亮,红色围裙辉煌,
将做国家的君王。

如果生下女孩,放在地上安睡,
为她裹上褓被,给她玩弄纺锤。
不要擅自作为,只把酒食料理,
不要让父母心碎。

【注释】

①秩秩:水清的样子。干:涧溪。

②幽幽:深远。南山:终南山。

③如:有。竹苞:丛生之竹。

④式:语助词。

⑤犹:欺诈。

⑥似续:继续、继承。妣祖:祖先。

⑦百堵:百间宫室,形容多。

⑧西南其户:向南是正门,东西开侧门。因句式所限,省"东"字。

⑨爰：于是。

⑩约之阁阁：用土筑板墙时，先将筑板捆紧。阁阁：象声词。

⑪椓(zhuó)：捣筑土墙。橐橐：象声词。

⑫攸：所。除：去掉祸患。

⑬芋：宇，住所。

⑭跂：踮起脚跟，耸立。翼：端正。

⑮矢：箭。棘：直而棱角分明。

⑯革：翅膀。

⑰翚(hūn)：羽毛华美的山鸡。

⑱跻(jī)：登堂。

⑲殖殖：平正。

⑳有觉：高大。楹：柱子。

㉑哙哙(kuài)：宽敞明亮。正：正堂。

㉒哕哕(huì)：煟煟，宽明之貌。冥：侧室。

㉓莞(guān)：蒲席。簟(diàn)：竹席。

㉔寝：夜眠。兴：早起。

㉕虺(huǐ)：一种毒蛇。

㉖大人：指太卜官，掌管占卜之事。

㉗弄璋：让孩子玩玉璋。

㉘喤喤：哭声洪亮。

㉙朱芾(fú)：红蔽膝。一种礼服。皇：辉煌。

㉚室家：王室，国家。

㉛裼(tì)：婴儿的裸衣。

㉜瓦：纺锤。

㉝无非：不要有过失。无仪：无邪。

㉞诒：贻，给。罹：忧虑。

【评析】

这是庆贺宣王宫室落成之诗。全诗九章。首章写宫室的地理环境。

这座宫室,有山有水,有竹有松,环境幽雅,景色宜人。二、三章写宫室落成。这二章描写了宫室恢宏的规模,门户的朝向以及建筑工地一片繁忙的景象。四、五章写宫室的外貌与内形。宫室像巨人一般巍然耸立,屋角像弓箭一般棱角分明,屋宇像大鸟一般奋力振翅,屋檐像锦鸡一般翩翩起舞。这里一连运用四个比喻,将宫室宏伟气势及其建筑风格描写无遗。前厅平平正正,立柱高大粗壮,正寝宽敞明亮,内房深邃宽广。这是王室成员安居的地方。后四章祝贺周王人丁兴旺。周王做了一场美梦。他梦见熊和罴,这是生儿子的吉兆;他梦见虺和蛇,这是生女儿的吉兆。如果生了儿子,就让他睡在床上,给他穿上衣裳,再给他一块玉璋玩。孩子的哭声洪亮,将来长大了,他穿上礼服,做国家的君王。如果生了女儿,就让她睡在地上,给她裹着裸衣,再给她一枚纺锤玩。希望她长大后行为端正,没有过失,操持好酒食等家务,不要让父母担忧。从中可以了解重男轻女思想的萌芽。

十月之交

十月之交①,朔月辛卯②。
日有食之,亦孔之丑③。
彼月而微④,此日而微⑤。
今此下民,亦孔之哀。

日月告凶⑥,不用其行。
四国无政⑦,不用其良。
彼月而食,则维其常⑧。
此日而食,于何不臧⑨!

烨烨震电⑩,不宁不令⑪。
百川沸腾,山冢崒崩⑫。
高岸为谷,深谷为陵。
哀今之人,胡憯莫惩⑬!

皇父卿士⑭,番维司徒⑮,
家伯维宰⑯,仲允膳夫⑰,
聚子内史⑱,蹶维趣马⑲,
楀维师氏⑳,艳妻煽方处㉑。

抑此皇父,岂曰不时㉒。
胡为我作㉓,不即我谋㉔?
彻我墙屋㉕,田卒汙莱㉖。
曰予不戕㉗,礼则然矣。

正当十月之际,在那初一辛卯。
又出现了日食,这是不祥之兆。
那月亮无光,这太阳不亮。
如今这些百姓,也很是悲伤。

日月显示凶相,不按常轨运航。
四方国家动荡,不用它的贤良。
那月亮被蚀,这本是正常。
那太阳被蚀,为何这样不祥!

电闪雷也鸣,不吉祥不安宁。
百川滚滚沸腾,山顶突然陷崩。
高岸变成深谷,深谷变成山陵。
可怜如今的百姓,为何竟无人自儆!

皇父是卿士,番氏是司徒,
家伯是太宰,仲允是膳夫,
聚子是内史,蹶氏是养马夫,
楀氏是师氏,褒姒并处而得势。

唉呀这个皇父,难道说不善良?
为何要我搬家,不来和我商量?
折了我的屋墙,田地完全抛荒。
还说我没害你,道理就是这样。

皇父孔圣[28],作都于向[29]。　　皇父很贤良,建都在那向。
择三有事[30],亶侯多藏[31]。　　选择三个官长,真是个个贪赃。
不慭遗一老[32],俾守我王[33]。　　不肯留一老臣,使他守卫我王。
择有车马,以居徂向[34]。　　他选好了车马,把居地迁移到向。

黾勉从事[35],不敢告劳。　　勤恳把事办好,不敢诉苦告劳。
无罪无辜,谗口嚣嚣[36]。　　我本没有罪过,谗言众口嗷嗷。
下民之孽,匪降自天。　　百姓的灾难,不是从天而掉。
噂沓背憎[37],职竞由人[38]。　　当面讨好背后恨,都是由人所造。

悠悠我里[39],亦孔之痗[40]。　　我的忧思绵长,积忧成病太凄凉。
四方有羡[41],我独居忧。　　四方都在欢乐,我独一人悲伤。
民莫不逸,我独不敢休。　　人人都在安逸,我独自一人奔忙。
天命不彻[42],　　天命难以预料,
我不敢效我友自逸[43]。　　我不敢效法我友游荡。

【注释】

①十月之交:刚进入十月。

②朔日:初一日。辛卯:辛卯日,正是十月初一。

③孔:很。丑:恶,不祥。

④月微:月昏暗无光,指月食。

⑤日微:即日食。

⑥告凶:显示不祥之凶兆。

⑦无政:政治昏暗而混乱。

⑧常:常事,不足为怪。

⑨不臧:不善,不吉利。

⑩烨烨(yè):闪电发光的样子。

⑪不宁:不安。不令:不善。

⑫山冢(zhǒng):山顶。崒(cù)崩:崩裂,崩塌。

⑬胡憯(cǎn):怎么。惩:警戒。

⑭皇父:人名。卿士:周官名,掌朝政。

⑮番:姓氏,人名。司徒:周官名,掌天下土地及人民。

⑯家伯:人名。宰:周官名,掌王室日常事务。

⑰仲允:人名。膳夫:周官名,掌王之饮食。

⑱聚(zōu)子:人名。内史:周官名,掌爵禄废置诸事。

⑲蹶(guì):姓氏,人名。趣马:周官名,掌王之马匹。

⑳楀(jǔ):姓氏,人名。师氏:周官名,掌监察。

㉑艳妻:指褒姒。煽:得势,炙手可热。方处:并处,同在。

㉒时:善。

㉓作:指拆房搬家。

㉔即:就。谋:商量。

㉕彻:撤,拆毁。

㉖卒:完全。汙:指低处积水。莱:荒芜,长了野草。

㉗戕:残害。

㉘孔圣:很圣明。讽刺语。

㉙都:封地内的城邑。向:地名。

㉚有事:有司。

㉛亶(dǎn):的确,实在。侯:是。多藏:富有。

㉜不憖(yìn):不肯。遗一老:保留一个老臣。

㉝俾:使。守:保卫。

㉞以居徂向:即"徂向以居"。徂向:往向地。

㉟黾勉:努力。

㊱谗口:谗言。嚣嚣:众口喧嚷的样子。

㊲噂沓:当面投合。背憎:背后憎恨。

㊳职:但。竞:皆,并。

㊴里:悝,忧思。

㊵痗(mèi):病。

㊶羡:指安逸,欢乐。

㊷不彻:难知。

㊸效:模仿。自逸:贪图享乐。

【评析】

这是讽刺群小乱政之诗。全诗八章。首三章写种种灾异。幽王时期,不仅出现月食,而且还出现日食,这是非常丑恶的事情。日月显示凶兆,是它失去常度的结果;四方没有善政,正是不用贤良所致。与此同时,在镐京一带还发生强烈的地震。当时洪水暴涨,激浪翻腾,山峰崩裂,高岸下陷为谷地,深谷上升为丘陵。这是上天在警告世人。中三章追究朝政。四章写群小用事。此章一共列举了七个小人。这些小人都因褒姒得宠并列于朝。他们以褒姒为中心,结成帮伙,将天下搞得动乱不止。五、六章言皇父之恶。七个小人中危害最大的是皇父。他干了两件坏事:一是毁人房屋,荒芜田地。二是逃往向地,不顾天子。他的行动,给王室造成极大的危害。末二章写诗人为国事尽心竭力。他勤勉工作,不敢贪图安逸。可见诗人确是一位忧国忧民的士大夫。

小　旻

旻天疾威①,敷于下土②。
谋犹回遹③,何日斯沮④?
谋臧不从⑤,不臧覆用。
我视谋犹,亦孔之邛⑥!

潝潝訿訿⑦,亦孔之哀。
谋之其臧,则具是违⑧。
谋之不臧,则具是依。
我视谋犹,伊于胡底⑨?

上天施暴频频,普遍降灾下民。
如今政策邪僻,何时才能纠正?
好政策不采用,坏政策反推行。
我看这政策,有很大的毛病。

相随和又相诋毁,这种局面真可悲。
政策相当好,竟然都违背。
政策非常坏,反而当宝贝。
我看这政策,不知把国家往何方推!

我龟既厌,不我告犹⑩。
谋夫孔多,是用不集⑪。
发言盈庭,谁敢执其咎⑫。
如匪行迈谋⑬,
是用不得于道⑭。

哀哉为犹,匪先民是程⑮,
匪大犹是经⑯。
维迩言是听⑰,维迩言是争。
如彼筑室于道谋⑱,是用不溃于成⑲。

国虽靡止⑳,或圣或否㉑。
民虽靡膴㉒,或哲或谋,
或肃或艾㉓。
如彼泉流,无沦胥以败㉔。

不敢暴虎㉕,不敢冯河㉖。
人知其一,莫知其他。
战战兢兢,如临深渊,
如履薄冰。

龟甲已厌倦,不再告诉我吉凶。
谋划的人太多,因此意见难达成。
发言的人满庭,谁敢担负那责任?
如同那赶路的只同路人商量,
因此得不到正确的行程。

可悲呀订计划,不把前人来效法,
不经大道来出发。
只把浅言来听从,只把浅言来采纳。
建屋的只同路人商量,建不成高屋大厦。

国家虽然不大,有的聪明有的糊涂。
百姓虽然不多,有的明智有的善谋,
有的严肃有的纯熟。
如那泉水奔流,无不相率而腐臭。

不敢空手打虎,不敢徒步过河。
人们只知其一,不知其他的危险多。
恐惧啊谨慎啊,如临深渊恐坠落,
如踏薄冰恐溺河。

【注释】

①旻(mín)天:上天。喻周幽王。疾威:暴虐。
②敷:布,普照。下土:天下。
③谋犹:谋略,政策。回遹(yù):错误,邪僻。
④沮(jǔ):停止,改变。
⑤臧:善,正确。
⑥孔之邛(qióng):有很大的毛病。

⑦潝潝(xì):相附和,恭维。訿訿(zǐ):相诋毁,攻击。
⑧具:俱。违:违背。
⑨伊:语助词。底:止境,地步。
⑩犹:指吉凶之道。
⑪是用:是以,因此。不集:没有一致的意见。
⑫执其咎:承担责任。
⑬匪:彼。行迈谋:谋于行迈之人,同路人商量。
⑭不得于道:指无所适从。
⑮先民:古圣贤。程:效法,师法。
⑯大犹:正道,长远的谋略。经:遵循。
⑰迩言:浮浅、只顾眼前的议论。
⑱道谋:在道路上与人谋划。
⑲不溃:不遂,不能成功。
⑳靡止:不大。
㉑否:愚笨。
㉒靡膴:不多。
㉓肃:谦恭,端正。艾:治理。
㉔沦胥以败:相率以至于腐败。
㉕暴虎:空手搏猛虎。
㉖冯河:赤足过黄河。

【评析】

　　这是评论时局之诗。全诗六章。首二章指出政策的错误。正确的谋略弃而不用,错误的谋略反而采纳。这种错误的政策何时才能得到纠正?当局的政策有很大的毛病,不知要把国家引向何方?三、四章指出错误政策产生的原因。一是因为当局多谋寡断,不敢负责;二是因为背弃先贤,缺乏远见。五章指出纠正错误政策的方法。对待人们的意见要具体分析,同时根据各人的特长,区别任用各类人才。末章指出时局危险。世人只知道"暴虎""冯河"的危险,而不知道时局比"暴虎""冯河"还要严重。诗人为此而小心翼翼、百倍警惕。

小　弁

弁彼鸒斯①,归飞提提②。
民莫不穀③,我独于罹④。
何辜于天⑤,我罪伊何?
心之忧矣,云如之何!

踧踧周道⑥,鞫为茂草⑦。
我心忧伤,惄焉如捣⑧。
假寐永叹⑨,维忧用老⑩。
心之忧矣,疢如疾首⑪!

维桑与梓⑫,必恭敬止。
靡瞻匪父⑬,靡依匪母。
不属于毛⑭,不离于里⑮?
天之生我,我辰安在⑯?

菀彼柳斯⑰,鸣蜩嘒嘒⑱。
有漼者渊⑲,萑苇淠淠⑳。
譬彼舟流,不知所届㉑。
心之忧矣,不遑假寐!

鹿斯之奔㉒,维足伎伎㉓。
雉之朝雊㉔,尚求其雌。
譬彼坏木㉕,疾用无枝㉖。
心之忧矣,宁莫之知!

快乐的乌鸦啊,从容群飞返回巢。
别人无不幸福,只我独自烦恼。
我怎么得罪上天?我到底有什么罪过?
心里忧伤啊,叫我无可奈何!

平坦的大道,长满那茂草。
我心多忧伤,就像棒杵捣。
和衣睡长叹,忧伤令人老。
心里忧伤啊,发烧头痛如火燎。

想到桑树和梓树,我一定肃然而起敬。
我敬仰的只是父亲,我依恋的只是母亲。
谁不依附父母的形体,谁不继承父母的血气。
上天生下我来,我的好运在哪里?

茂密的柳树上,蝉儿在歌唱。
深深的水潭旁,芦苇多茂畅。
像那船儿在漂荡,不知漂荡到何方。
心里忧伤啊,没空和衣躺。

鹿儿奔跑忙,脚步飞一样。
雄鸡早上唱,还知求对象。
譬如那病树,枝叶秃光光。
心里忧伤啊,谁知我心肠!

相彼投兔㉗,尚或先之㉘。	看那投网的兔,还有人放走它。
行有死人㉙,尚或墐之㉚。	路上有死人,还有人埋葬他。
君子秉心,维其忍之㉛!	不料君子居心,竟是那样凶狠。
心之忧矣,涕既陨之!	心里忧伤啊,泪儿坠落不停。
君子信谗,如或酬之㉜。	君子听信谗言,如同接受敬酒。
君子不惠,不舒究之㉝。	君子没有慈心,不肯细细推究。
伐木掎矣㉞,析薪扡矣㉟。	伐木要用绳拉住,砍柴要看那纹路。
舍彼有罪,予之佗矣㊱!	放过那些有罪的,强加他人无理由。
莫高匪山,莫浚匪泉㊲。	没有高的不是山,没有深的不是泉。
君子无易由言㊳,耳属于垣㊴。	君子不要轻易发言,耳朵就贴在那墙边。
无逝我梁㊵,无发我笱㊶。	不要前往我的鱼梁,不要打开我的鱼篓。
我躬不阅㊷,遑恤我后㊸!	我自身不为人所容,哪能顾及到我以后!

【注释】

①弁(pán):喜乐。鸒(yù):乌鸦。

②提提(shí):悠闲的样子。

③榖:善,美好。

④罹:遭遇忧患。

⑤何辜:有何罪。

⑥踧踧(dí):平坦。

⑦鞠(jú):尽是,满是。

⑧惄(nì)焉:忧思的样子。捣:敲打。

⑨假寐:不脱衣冠而睡。

⑩用老:因此而衰老。

⑪疢(chèn):发烧。疾首:头痛。

⑫桑、梓:家宅旁常种的两种树。

⑬靡……匪……:否定之否定,表示肯定。瞻:敬仰。

153

⑭属:连接。毛:外在之形体。

⑮离:附丽,依附。里:内在的气血。

⑯辰:时辰,命运。

⑰菀(yù):茂盛的样子。

⑱嘒嘒:蝉鸣声。

⑲有漼:漼漼,水深的样子。

⑳萑(huán)苇:芦苇。淠淠(pèi):繁茂。

㉑届:至。

㉒奔:觅群,求偶。

㉓伎伎(qí):疾行的样子。

㉔雊(gòu):野鸡叫。

㉕坏木:一作"瘣木",有瘿瘤的树。

㉖用:因。

㉗相:视。投兔:投网之兔。

㉘尚:犹。先之:放开网。

㉙行:道路。

㉚墐(jǐn):埋葬。

㉛其:何其。忍:狠心。

㉜酬:敬酒。

㉝舒究:仔细考察,研究。

㉞掎:以绳索拉住树身或树梢。

㉟析薪:劈柴。杝(chǐ):顺着纹理。

㊱予之佗:强加于别人。

㊲浚:深。

㊳无易由言:不要轻易发言。

㊴耳属于垣:将耳贴在墙上偷听。

㊵逝:往。梁:拦鱼的坝。

㊶发:打开。笱:鱼篓。

㊷阅:为人所容。

㊸遑:何。恤:忧虑、顾及。

154

【评析】

这是弃妇之诗。全诗八章。首二章写弃妇的忧伤之情。她看到别人的家室和睦美好,唯独自己遭到不幸。自己并无过错,而无故被弃,因而内心无比忧伤。面对这种变故,她心神不宁,坐卧不安,因忧愁而显得憔悴衰老。三、四章写弃妇眷念父母。父母至尊至亲,岂不瞻仰,岂不依仗。可如今父母不在身边,既不附着于父亲之皮肉,也不附于母亲之血气。她见到蝉鸣苇茂的景象,更增添了思家之情。现在她的命运就像一只随波漂流的小船,不知将要流向何方。她因忧伤连和衣假寐也睡不着,可见她思亲是何等殷切。五、六章写弃妇斥夫薄情。原野上的野鹿、野鸡正在求偶。而自己就像一棵病树枝叶枯萎。自己的忧伤难道丈夫真的不知道吗?人都有恻隐之心,对于投网之兔、路毙之人都有人同情,为何对自己却如此狠心!末二章写弃妇被弃之因。家庭破裂是因为丈夫听信谗言,而又不加深究,因而错怪了自己。没有高的不是山,没有深的不是泉。诗以此比喻人心之险犹如山川。因此,君子不要轻易发言,因为耳朵就贴在墙外边。那偷听者必然会迎合其心意,并从中挑拨离间。最后她决绝地说道:不要到我的鱼梁上去,不要动我的捕鱼篓。自己现在尚且不见容,怎能顾及身后之事呢?

巧　言

悠悠昊天①,曰父母且②。　　广大遥远的上天,是下民的父母哦。
无罪无辜,乱如此怃③。　　我们没罪没过,乱子怎么如此之多。
昊天已威④,予慎无罪⑤。　　上天太可怕,我们真的没罪恶。
昊天泰怃⑥,予慎无辜。　　上天太暴虐,我们真的没罪过。

乱之初生,僭始既涵⑦。　　乱子最初发生,谗言开始入侵。
乱之又生,君子信谗。　　乱子一再发生,君子听信谗佞。

君子如怒⑧,乱庶遄沮⑨。　　君子如果怒斥谗言,乱子或许很快息停。
君子如祉⑩,乱庶遄已。　　　君子如果任用贤人,乱子或许很快消尽。

君子屡盟⑪,乱是用长⑫。　　君子屡立誓言,乱子因此蔓延。
君子信盗⑬,乱是用暴。　　　君子听信谗言,乱子因此凶险。
盗言孔甘,乱是用餤⑭。　　　谗言的确很甜,乱子因此增添。
匪其止共⑮,维王之邛⑯。　　小人容貌恭敬,危害君王不浅。

奕奕寝庙⑰,君子作之。　　　高大的宫室寝庙,是君子精心建造。
秩秩大猷⑱,圣人莫之⑲。　　宏大的治国方略,是圣人潜心绘描。
他人有心,予忖度之。　　　　他人有什么心思,我能测度分毫。
跃跃毚兔⑳,遇犬获之。　　　跳跃的狡兔,遇到猎犬会被捕到。

荏染柔木㉑,君子树之。　　　柔软的好树,是君子悉心栽培。
往来行言㉒,心焉数之㉓。　　口耳相传的流言,心里要辨别真伪。
蛇蛇硕言㉔,出自口矣。　　　夸夸其谈的假话,出自那张大嘴。
巧言如簧㉕,颜之厚矣。　　　巧言如同鼓笙簧,厚着脸皮胡乱吹。

彼何人斯?居河之麋㉖。　　　他是什么样的人?住在河边水草地。
无拳无勇㉗,职为乱阶㉘。　　你无力量也无勇气,只是作乱的阶梯。
既微且尰㉙,尔勇伊何?　　　腿既烂脚又肿,你的勇气在哪里?
为犹将多㉚,尔居徒几何㉛?　你的诡计可真多,你的同伙有几个?

【注释】

①悠悠:广大,遥远。昊天:皇天。
②且(jū):语助词。
③幠(hū):大。
④已威:太暴虐,太可怕。
⑤慎:真、确实。

⑥泰怃:指肆威太甚。
⑦僭:潜、谗言。既涵:开始听取。
⑧怒:指怒责谗言。
⑨庶:庶几。遄(chuán):快。沮:终止。
⑩祉:指信用贤者。
⑪盟:结盟。
⑫是用:因此。
⑬盗:指谗言者如盗贼。
⑭餤(tán):增多。
⑮匪:彼。止共:容貌恭敬。
⑯邛(qióng):病害。
⑰奕奕:高大。寝庙:指宫殿宗庙。
⑱秩秩:宏大。大猷:治国方略、制度。
⑲莫:通"谟",规划,制定。
⑳跃跃(tì):跳跃。毚(chán)兔:狡兔。
㉑荏(rěn)染:质地细软。柔木:指善木。
㉒往来:口耳相传。行言:流言。
㉓数:盘算,分辨。
㉔蛇蛇(yí):欺罔,夸大。硕言:大话,假话。
㉕簧:笙簧,乐器。
㉖麋(méi):通"湄"。水边。
㉗拳:武力。
㉘职:只,专。乱阶:祸乱之阶梯,祸乱因彼而来。
㉙微:小腿受伤。尰:脚肿。
㉚犹:谋划,指诡计。将多,很多。
㉛居:语助词。

【评析】

这是斥责小人以谗言乱政之诗。全诗六章。首章写对谗言深恶痛绝。诗人三呼"昊天",三呼"无罪",表明诗人遭到谗言的中伤,深受其害,因而有切肤之痛。二、三章写小人进谗之因。祸乱初生,谗言始侵;

祸乱又生,君子信谗;君子与小人结盟,祸乱四处蔓延;君子相信谗贼,祸乱愈加暴烈。因此,君子如果怒斥谗言,如果信任贤者,祸乱便可很快平定。四、五章写要识破谗言。那雄伟的宫殿宗庙,是先王建造的;国家的典章制度,是圣人制定的。小人想要破坏国家的根基,就应该认真忖度一番。小人好比狡兔,遇上猎犬也会被擒获。君子要重用贤者,要分辨谗言。如此,小人巧言如簧、厚颜无耻的真面目也就暴露无遗了。末章写痛斥小人。那个住在河边的小人,无才又无勇,惯于兴风作浪,招来祸乱。诗人痛斥道:等你烂腿又肿脚,你还有何勇气? 即使你诡计多端,又有几个人跟着你? 这一斥责真是痛快淋漓。

巷 伯

萋兮斐兮①,成是贝锦②。
彼谮人者③,亦已大甚④!

条条花呀道道纹,贝纹锦缎已织成。
那造谣的坏东西,他的心肠真太狠!

哆兮侈兮⑤,成是南箕⑥。
彼谮人者,谁适与谋⑦?

张着口大又大,簸箕星儿南天挂。
那造谣的坏东西,你与谁谋划?

缉缉翩翩⑧,谋欲谮人。
慎尔言也,谓尔不信。

附耳私语佳采频,想鬼主意害别人。
你说话呀要谨慎,人家会说你不可信。

捷捷幡幡⑨,谋欲谮言。
岂不尔受⑩? 既其女迁⑪。

往来密切都善辩,挖空心思编谎言。
难道别人不受骗? 随后就把你靠边。

骄人好好⑫,劳人草草⑬。
苍天苍天,视彼骄人,
矜此劳人⑭!

骄横的人忘了形,劳苦的人愁在心。
青天啊青天! 看看那骄横的人,
可怜这劳苦的人。

158

彼谮人者,谁适与谋?　　　那造谣的坏东西,与谁一起出主意?
取彼谮人,投畀豺虎⑮!　　抓住那坏东西,投给豺虎去充饥。
豺虎不食,投畀有北⑯!　　豺虎不肯吃,投给北方不毛地。
有北不受,投畀有昊⑰!　　北方也不肯接受,投给老天剥他皮。

杨园之道⑱,猗于亩丘⑲,　一条大路通杨园,紧靠亩丘的旁边。
寺人孟子⑳,作为此诗。　　我是寺人叫孟子,这支歌儿是我编。
凡百君子,敬而听之㉑。　　诸位君子赏个脸,心存儆戒听一遍。

【注释】

①萋、斐(fěi):文采相错的样子。

②贝锦:五彩如贝纹的锦缎。

③谮(zèn):诬陷,中伤。

④大甚:太过分。

⑤哆(chǐ):张嘴。侈:大。

⑥南箕:星名。共四星,排列如簸箕。

⑦适:语助词。犹"是"。

⑧缉缉:附耳私语的样子。翩翩:往来的样子。

⑨捷捷:能言善辩的样子。幡幡(fān):反复的样子。

⑩尔受:受尔,相信你。

⑪既:既而。女迁:迁女,祸及于你。

⑫骄人:指进谗言者。好好:志得意满的样子。

⑬劳人:指被谗者。草草:忧愁的样子。

⑭矜(jīn):怜悯;同情。

⑮畀(bì):给予。

⑯有北:北极不毛之地。

⑰有昊:上天。

⑱杨园:园名。低地。

⑲猗:紧靠。亩丘:丘名。高地。

⑳寺人:宫内侍御小臣。孟子:其名。
㉑敬:儆戒。

【评析】

　　这是寺人孟子遭谗抒愤之诗。全诗七章。首二章写进谗言者的卑鄙伎俩。大凡进谗言者的伎俩不外编造、夸大两端。花纹交错,就能织成一段美锦;把口张大,就能组成天上的南箕星。这两个比喻非常奇妙。前者比喻小人编造谗言,以假乱真;后者比喻小人搬弄口舌,夸大其词。那进谗言者也太过分了,他们与谁合谋呢？这里对进谗言者直接加以斥责,表现了诗人愤慨的情绪。三、四章写进谗言者的卑劣行为。这些小人来来往往,附耳私语,想阴谋诬陷别人;这些小人反反复复,唧唧喳喳,想阴谋编造假话。诗人警告道:还是谨慎些吧,人们不会相信你们的。也许会暂时相信你们,但最终祸害会落在你们头上。五、六章写进谗言者应当严惩。进谗言者志得意满,而被谗者则忧愁憔悴。如此对比,发人深思。诗人连呼苍天:看看那些进谗言者吧,同情这些遭谗者吧！对那些进谗言者应当严惩。把他投给豺虎,豺虎也不肯吃;把他投给北极不毛之地,北极不毛之地也不肯收留;那么就把他们投给老天严惩吧。末章写作诗之由。杨园之路,近于亩丘。诗以此兴比贱者之言也有补于君子。于是寺人孟子写了这首诗。旨在儆戒君子不要听信谗言而误伤好人。篇名《巷伯》也非截取诗中。"巷伯"就是宫中的内侍,也就是"寺人孟子",故以此名篇。

谷 风

习习谷风①,维风及雨。
将恐将惧②,维予与女③。
将安将乐,女转弃予。

习习谷风,维风及颓④。
将恐将惧,寘予于怀⑤。
将安将乐,弃予如遗⑥。

习习谷风,维山崔嵬⑦。
无草不死,无木不萎。
忘我大德⑧,思我小怨⑨。

大风呼啦啦,风吹雨又打。
恐怖又可怕,我把你记挂。
安逸又享乐,你把我抛下。

大风呼啦啦,旋风又吹来。
恐怖又可怕,把我搂在怀。
安逸又享乐,你把我抛开。

大风呼啦啦,山顶上面刮。
无草不吹死,无树不吹垮。
忘我大功德,小毛病却记下。

【注释】

①谷风:大风。

②将:且,又。

③与:爱,记挂。

④颓:旋风。

⑤寘(zhì):放置。

⑥遗:遗忘。

⑦崔嵬:山高峻的样子。

⑧大德:指同患难的功德。

⑨小怨:小毛病。

【评析】

这是弃妇之诗。每章首二句以暴风骤雨兴比婚姻发生了重大的变故。在困苦忧惧的岁月里,这对夫妻相亲相爱,恩爱无比。可是在安乐幸福的日子里,丈夫却变了心,无情地将妻子抛弃。妻子感觉到草死木枯的寒冬已经降临,处境更加艰难。于是她怨恨丈夫只记得小毛病,而忘了共患难的大功德。

蓼 莪

蓼蓼者莪①,匪莪伊蒿②。
哀哀父母,生我劬劳③。

高大的萝蒿,不是萝蒿而是艾蒿。
可悲呀父母,生我多苦劳。

蓼蓼者莪,匪莪伊蔚④。
哀哀父母,生我劳瘁。

高大的萝蒿,不是萝蒿而是牡蒿。
可悲呀父母,生我多辛劳。

瓶之罄矣⑤,维罍之耻⑥。
鲜民之生⑦,不如死之久矣!
无父何怙⑧,无母何恃⑨!
出则衔恤⑩,入则靡至⑪。

小瓶子空荡荡,大坛子也没荣光。
孤儿活在世上,死了要比活着强!
没爹哪依靠?没娘哪依傍?
出门含悲伤,进门何所往。

父兮生我,母兮鞠我⑫。
拊我畜我⑬,长我育我,
顾我复我⑭,出入腹我⑮。
欲报之德⑯,昊天罔极⑰!

父亲生我,母亲养我。
抚我爱我,养大我培养我,
照顾我保护我,出进抱着我。
我想报答这恩德,老天呀无准则。

南山烈烈⑱,飘风发发⑲。
民莫不穀,我独何害⑳!

南山多高大,暴风呼呼响。
人们都能养爹娘,我为何独独遭灾殃!

南山律律㉑,飘风弗弗㉒。
民莫不穀,我独不卒㉓!

南山多巍峨,暴风呼呼响。
人们都能养爹娘,我独不能终养真心伤!

【注释】

①蓼(lù):高大。莪:萝蒿。

②匪:非。蒿:指一般的蒿。

③劬劳:辛苦劳累。

④蔚:牡蒿。

⑤罄:尽,空。

⑥罍:一种大容器,酒坛。

⑦鲜民:不幸的人,孤儿。

⑧怙:依靠。

⑨恃:依靠。

⑩衔恤:含着忧愁、悲伤。

⑪靡至:无家之感。

⑫鞠:养育。

⑬拊:抚摸。畜:爱。

⑭顾:看顾。复:反复,不忍离去。

⑮腹:抱。

⑯之德:这个恩德。

⑰罔极:没有定准。

⑱烈烈:山高险的样子。

⑲飘风:暴风。发发:大风呼啸声。

⑳何害:为何遭此祸害。

㉑律律:同"烈烈"。

㉒弗弗:同"发发"。

㉓卒:终养父母。

【评析】

这是孝子悲叹不得终养父母之诗。全诗六章。首二章写自愧无用。

诗以不是我而是蒿,兴比自己是无用之人。可悲呀父母,生我真辛劳。而自己不得终养父母,深感愧疚。中二章写失去父母的悲痛及父母的养育之恩。诗以小瓶空空使得大坛蒙羞,兴比自己不能赡养父母。父母无人供养,生活维艰,备尝屈辱。孤儿活在世上,还不如早点死去。无父无母,没有依靠,出门含着忧伤,回来也像无家一样。于是诗人情不自禁地想起父母养育之恩。这里连下九个"我"字,几乎一字一泪,感人至深。想报答父母的恩德而不能,诗人怎能不痛苦而呼天呢?末二章写质问皇天。诗人走在险峻的山间,听着悲风的呼啸,不禁发出痛楚的呼号:皇天啊,人家都能终养父母,你为何将祸乱降在我的身上?你为何使我不得终养父母?这是他的质问,也是他的控诉。

大 东

有饛簋飧①,有捄棘匕②。
周道如砥③,其直如矢。
君子所履④,小人所视⑤。
睠言顾之⑥,潸焉出涕⑦。

满盘的熟食可真香,枣木匙子弯又长。
大路平坦像磨石,它直得像那箭一样。
官员走在这路上,平民瞪着两眼望。
回头看到这情景,泪水涟涟往下淌。

小东大东⑧,杼柚其空⑨。
纠纠葛屦⑩,可以履霜⑪?
佻佻公子⑫,行彼周行⑬。
既往既来⑭,使我心疚⑮。

近东远东各城邦,织布机上被刮光。
稀疏交织的葛布鞋,穿它怎能踏寒霜?
公子哥儿多漂亮,走在那边大路上。
一会儿来一会儿往,叫我看着真忧伤。

有冽氿泉⑯,无浸获薪⑰。
契契寤叹⑱,哀我惮人⑲。
薪是获薪⑳,尚可载也。
哀我惮人,亦可息也。

旁流的泉水冷又清,别浸湿砍下的柴薪。
愁苦醒来就长叹,可怜我们劳苦的人。
砍下来的这些薪柴,还可用车子装载。
可怜我们劳苦的人,休息一下也应该。

东人之子,职劳不来㉑。 东人的子弟,劳苦无人赏。
西人之子㉒,粲粲衣服。 西人的子弟,衣服多鲜亮。
舟人之子㉓,熊罴是裘㉔。 西人的子弟,追逐熊罴多风光。
私人之子㉕,百僚是试㉖。 东人的子弟,各种差事都承当。

或以其酒,不以其浆㉗。 有的畅饮美酒,有的喝不上水浆。
鞙鞙佩璲㉘,不以其长㉙。 有的佩玉圆而亮,有的杂佩用不上。
维天有汉㉚,监亦有光㉛。 天上有一条银河,照着人呀在发光。
跂彼织女㉜,终日七襄㉝。 踮起脚的织女星,一天七次移地方。

虽则七襄,不成报章㉞。 虽然七次移地方,织起布来不成章。
睆彼牵牛㉟,不以服箱㊱。 牵牛星呀多明亮,不能驾起那车厢。
东有启明㊲,西有长庚㊳。 启明星呀在东方,长庚星呀在西方。
有捄天毕�739,载施之行㊵。 天毕星柄弯又长,在空中排列成行。

维南有箕㊶,不可以簸扬㊷。 南边有座箕星,不能用簸来扬。
维北有斗㊸,不可以挹酒浆㊹。 北边有座斗星,不能用来舀酒浆。
维南有箕,载翕其舌㊺。 南边有座箕星,舌头内缩不伸长。
维北有斗,西柄之揭㊻。 北边有座斗星,柄儿高举向西方。

【注释】

①有饛(méng):装满食物的样子。簋(guǐ):食器。飧(sūn):熟食。

②有捄(qiú):长而曲的样子。匕:匙、勺之类。

③砥:磨刀石。

④君子:指周之官员。履:行走。

⑤小人:指东国的平民。

⑥睠:眷恋。

⑦潸:流泪的样子。

⑧大东:远处的东方诸侯国。小东:较近的东方诸侯国。

⑨杼柚:梭子及转轴,代指织布机。

⑩纠纠:交织的样子。屦(jù):草鞋。

⑪可以:何以,岂可。

⑫佻佻:轻薄、安逸的样子。

⑬周行:即周道。

⑭既:复。

⑮疚:忧伤。

⑯有冽:寒冷。氿(guǐ):侧出的泉水。

⑰获薪:已砍的薪柴。

⑱契契:忧苦的样子。寤叹:难以入眠而叹。

⑲惮:通"瘅"。劳苦疾病。

⑳薪:砍伐取木。是:此,这。

㉑职:只。劳:服劳役。来:通"勑"。慰问。

㉒西人:指周人。

㉓舟人:即周人。

㉔熊罴是裘:猎取熊罴。

㉕私人:指东人而沦为周人之奴仆者。

㉖百僚:各种差役。试:充当。

㉗浆:汤水,薄酒。

㉘鞙鞙(juān):佩玉绶带美而长的样子。璲:瑞玉。

㉙长:长佩。

㉚汉:天河。

㉛监:镜子。

㉜跂:踮起脚。

㉝终日:由旦至暮。七襄:多次更动位置。

㉞报章:经纬交织,指布帛。

㉟睆(huàn):明亮。

㊱服箱:驾车载物。

㊲启明:金星,日出前在东,称启明星。

㊳长庚:日落后金星在西,称长庚星。
㊴天毕:毕星,由八颗星宿组成,状若长柄猎网。
㊵载:则。施(yì):斜行。
㊶箕:箕星星座,形似簸箕。
㊷簸扬:扬米以除糠。
㊸斗:北斗星座,形似斗勺。
㊹挹(yì):以勺舀酒。
㊺翕(xī):向内缩,若用力吸取。
㊻揭:高举。西柄高举,若将取于东。

【评析】

这是东人怨刺周室之诗。全诗七章。首二章写东人遭受经济剥削。这满盘满盘的熟食,被枣木匙勺舀取干净。这意味着东人的粮食全部被吞食。那周道平坦而笔直,东人的粮食就是通过它源源不断地运往周朝。不仅如此,东人的织物也被洗荡一空。这怎不使诗人的内心感到痛苦与忧伤。三、四章写东人遭受徭役之苦。我们这些疲病之人,真是可哀可叹。我们这些疲病之人,也该休息休息。东人整天劳累不堪,但从来无人慰问;西人的公子身着鲜艳的服装,却无所事事;西人的公子每天追逐野兽而取乐,东人的小民则要充当各种差役。通过对照描写,显示出东人、西人之间劳逸不均。五章写东人、西人贫富悬殊。西人每天痛饮美酒,而东人连汤也喝不上;西人身系贵重的瑞玉之佩,而东人连最普通的长佩也没有。诗人想到这里,他仰首望天,突发奇想,由人间转到天上,生出以下许多光怪陆离的想象。末二章写众星有名无实。织女星虽周行天际,却不能织布;牵牛星虽明亮,却不能驾车。东有启明星,西有长庚星,还有那弯曲的天网星,在空中排列成行,然而又有何用。南箕星虽形状像簸箕,但不能簸米去糠;北斗星虽形状像斗勺,但不能舀取酒浆。诗以众星有名无实兴比周朝统治者徒具虚名,不能解除东人深重的苦难。不但如此,他们像南箕星内缩舌根吞噬东人的血汗,还像北斗星座高扬其柄不停地舀取东人的财物。此诗构思巧妙,想象瑰丽。前四章重在写事,是实写;后三章重在抒情,是虚写。实写与虚写交互生辉,浑然一体。

北　山

陟彼北山①,言采其杞。
偕偕士子②,朝夕从事③。
王事靡盬④,忧我父母。

溥天之下⑤,莫非王土。
率土之滨⑥,莫非王臣。
大夫不均⑦,我从事独贤⑧。

四牡彭彭⑨,王事傍傍⑩。
嘉我未老⑪,鲜我方将⑫。
旅力方刚⑬,经营四方。

或燕燕居息⑭,或尽瘁事国⑮;
或息偃在床⑯,或不已于行⑰。

登上那北山,把那枸杞采。
强壮的小官吏,早晚都当差。
差遣没个完,使我父母挂心怀。

普天之下,哪一块不是王的领土。
四海之内,哪一个不是王的臣仆。
执政大夫不公平,我的工作独劳碌。

四匹公马多匆忙,官府差遣真紧张。
夸奖我还不老,称我正强壮。
体力正刚强,派遣我奔四方。

有的安安逸逸家里躺,有的为国事身累伤;
有的仰身睡床上,有的不停奔走大路上。

或不知叫号⑱,或惨惨劬劳⑲;　　有的不知道有悲号,有的惨然悲凉在操劳;
或栖迟偃仰⑳,或王事鞅掌㉑。　有的悠悠闲闲睡大觉,有的忙得一团糟。

或湛乐饮酒㉒,或惨惨畏咎㉓;　　有的高高兴兴饮美酒,有的惨然害怕祸临头;
或出入风议㉔,或靡事不为。　　有的进进出出乱开口,有的大事小事都动手。

【注释】

①陟:登。

②偕偕:强壮。士子:作者自称。

③朝夕:从早到晚。

④靡盬(gǔ):不停止。

⑤溥(pǔ):同"普"。

⑥率:沿着。滨:海边。

⑦不均:不公平。

⑧贤:劳累。

⑨四牡:四匹公马。彭彭:不息的样子。

⑩傍傍:忙碌的样子。

⑪嘉:夸奖。

⑫鲜:称道。

⑬旅力:体力。

⑭或:有的,有人。燕燕:安闲的样子。

⑮尽瘁:尽力而致憔悴。

⑯息偃:卧床休息。

⑰不已:不停。行:道路。

⑱叫号:因苦难而呼叫号哭。

⑲惨惨:忧愁。劬(qú)劳:辛劳。

⑳栖迟:游乐。偃仰:安居。

㉑鞅掌:忙碌。

㉒湛(dān)乐:沉醉于享乐。

169

㉓畏咎:怕犯过失。
㉔风议:发议论。

【评析】

　　这是小臣苦于劳役之诗。全诗六章。前三章写小臣为王事而辛劳。他驾着马车,从早到晚忙忙碌碌,四处奔波。由于王事没完没了,致使父母非常担心。普天之下,没有不是天子的土地;四海之内,没有不是天子的臣民。大夫为政很不公平,唯独我的事务特别繁重。大夫夸奖我青春年少,赞许我血气方刚。还说我体力充沛,正可以奔走四方。后三章写劳逸不均、苦乐不平。这三章连用了十二个"或"字,作了六次对比:有的人悠闲自在安然在家休息,有的人则尽力国事积劳成疾;有的人无所事事高卧在床,有的人则四处奔波不息于道;有的人养尊处优不知饥寒,有的人则惨愁悲凉艰苦备尝;有的人俯仰自如优哉游哉,有的人则王事堆积工作紧张;有的人参与宴会无比荣光,有的人则忧谗畏讥心绪凄凉;有的人出入庙堂高谈阔论,有的人则事无巨细总在忙碌。诗写到这里戛然而止,不另下结语,显得不同凡响。

小　明

明明上天,照临下土。　　　　上天明明亮亮,光辉照耀下方。
我征徂西①,至于艽野②。　　我出差前往西方,一直到那边疆。
二月初吉③,载离寒暑④。　　那时二月上旬,如今寒来暑往。
心之忧矣,其毒大苦⑤。　　　心里多么忧伤,像毒药苦得难当。
念彼共人⑥,涕零如雨。　　　想起那些贤良,泪落像雨一样。
岂不怀归?畏此罪罟⑦。　　　难道不想回乡?怕这天罗地网。

昔我往矣⑧,岁聿云莫⑨。　　从前我出发前往,日月正在更张。

昔我往矣,日月方除⑧。　　何时能够回家?一年没多时光。
念我独兮,我事孔庶⑩。　　想我多么孤独,事情非常繁忙。
心之忧矣,惮我不暇⑪。　　心里多么忧伤,累得我多慌忙。
念彼共人,睠睠怀顾⑫。　　想起那些贤良,殷殷不断回想。
岂不怀归?畏此谴怒。　　难道不想回乡?怕他盛怒模样。

昔我往矣,日月方奥⑬。　　从前我出发前往,正当春天暖洋洋。
曷云其还?政事愈蹙⑭。　　何时才能回家乡?公事更加紧张。
岁聿云莫,采萧获菽⑮。　　一年到了岁尾,采蒿收豆正忙。
心之忧矣,自诒伊戚⑯。　　心里多忧伤,忧愁独自承当。
念彼共人,兴言出宿⑰。　　想起那些贤良,起来出外不安床。
岂不怀归?畏此反覆⑱。　　难道不想回家乡?怕这赏罚太无常。

嗟尔君子,无恒安处⑲。　　哎!你们这些君子,不要常常处于安乐。
靖共尔位⑳,正直是与㉑。　　谨慎履行你们的职责,要与正直的人交友。
神之听之,式穀以女㉒。　　天神听到这事,会赐给你们美德。

嗟尔君子,无恒安息。　　哎!你们这些君子,不要常常贪图安逸。
靖共尔位,好是正直㉓。　　谨慎履行你们的职责,做人做事要正直。
神之听之,介尔景福㉔。　　天神听到这事,会赐给你们福气。

【注释】

①徂:往。

②芁(qiú)野:远方的荒野。

③初吉:上旬之吉日。

④离:经历。寒暑:成年累月。

⑤毒:痛苦,磨难。

⑥共人:恭谨宽厚的人,指后文中的"君子"。

⑦罪罟:法网。
⑧方除:正当除旧岁、迎新春之时。
⑨聿、云:均为语助词。莫:暮。
⑩孔庶:很多。
⑪惮:劳苦。不暇:没有空闲。
⑫睠睠:眷恋。
⑬方奥:转暖。
⑭愈蹙(cù):更加急迫。
⑮萧:艾蒿。菽:大豆。
⑯诒:留。戚:忧伤。
⑰兴:起来。出宿:不得安卧,起立出外。
⑱反覆:指不测之祸。
⑲恒:常。安处:安逸。
⑳靖共:谨慎履行。
㉑与:相助、亲近。
㉒榖:善。女:汝。
㉓好:爱好。
㉔介:赐,助。景福:洪福,大福。

【评析】

　　这是大夫行役怀友之诗。全诗五章。前三章写久役的痛苦。这次行役不仅时间久长,而且地点荒远,因而他的内心极为痛苦。三章反复表达的都是忧伤的感情。但一章侧重说行役的痛苦,二章侧重说公务的繁忙,三章侧重说忧愁的深重。在紧张而繁忙的行役生活中,他特别怀念朋友。他因思念而落泪,而回顾,而夜不能寐,表现了他们之间真挚而深厚的情谊。他是多么想归去与亲朋团聚啊!但是他害怕罪网,害怕谴责,害怕不测之祸,欲归而不能。后二章写劝勉朋友。一是劝勉朋友居安思危,不要贪图安逸。二是劝勉朋友与正直的人交往,互相帮助。这是针对当时士大夫苟且偷安、道德沦丧的现实而提出来的。可见诗人确是一位勤勉而正直的士大夫。

车 舝

间关车之舝兮①,思娈季女逝兮②。　　车轮转动声谐和,去迎美女乐呵呵。
匪饥匪渴③,德音来括④。　　　　　　不是饥呀不是渴,想那好人来会合。
虽无好友⑤,式燕且喜。　　　　　　　虽然没有好朋友,大家宴饮且欢乐。

依彼平林⑥,有集维鷮⑦。　　　　　　平地树林绿苍苍,长尾锦鸡在歌唱。
辰彼硕女⑧,令德来教⑨。　　　　　　贤惠美丽的大姑娘,诲人美德好心肠。
式燕且誉⑩,好尔无射⑪。　　　　　　大家宴饮且欢乐,喜欢你呀不能忘。

虽无旨酒,式饮庶几⑫。　　　　　　　虽然酒儿不太好,大家也可喝不少。
虽无嘉殽,式食庶几。　　　　　　　　虽然菜儿不太好,大家也可吃个饱。
虽无德与女⑬,式歌且舞。　　　　　　虽无美德与你配,也唱歌来把舞跳。

陟彼高冈,析其柞薪⑭。　　　　　　　登上那高山岭,劈那柞树当柴薪。
析其柞薪,其叶湑兮⑮。　　　　　　　劈那柞树当柴薪,它的叶子青又青。
鲜我觏尔⑯,我心写兮⑰。　　　　　　有幸与你成了亲,我的心里多欢欣。

高山仰止⑱,景行行止⑲。　　　　　　仰望那高山,行走那大道。
四牡骙骙⑳,六辔如琴㉑。　　　　　　四马多匆忙,缰绳如琴调。
觏尔新昏,以慰我心。　　　　　　　　与你成婚多美好,我的心中乐陶陶。

【注释】

①间关:车行进中车轴与车辖的摩擦声。舝:同"辖"。车轴上的键。
②思:语助词。娈:美貌。逝:往,前往迎娶。
③匪:非、不再。

173

④德音:美德、好名声。括:会合,成亲。

⑤好友:好朋友。

⑥依:林木茂盛。平林:平野之林。

⑦集:栖息。鷮(jiāo):长尾的锦鸡。

⑧辰:贤惠。硕女:美女。

⑨令德来教:教以妇道之美德。

⑩誉:欢乐。

⑪好尔:爱你。无射:不厌,不衰。

⑫式:语助词。庶几:表示希望。

⑬德与女:德行与你相配。

⑭析其柞薪:劈开、砍伐柞树当柴薪。

⑮湑(xǔ):茂盛。

⑯鲜:善,喜事。觏:遇合、娶亲。

⑰写:泻,欢悦、舒畅。

⑱仰:仰望。止:语助词。

⑲景行(háng):大道。

⑳骈骈:马行不止的样子。

㉑如琴瑟:如琴瑟之和谐。

【评析】

这是迎亲之诗。全诗五章。每章前四句写迎亲之事。男子远望高山,驾着马车奔驰在大道上。四匹马儿跑个不停,车轮发出"间关"的声响。手中的缰绳非常柔和,如同琴瑟一般。他正前往迎娶美丽的新娘。这位新娘不仅容貌美丽,而且品性端庄。这次婚宴并不丰盛,既无美酒,

也无佳肴,但希望客人喝得痛快,吃得香甜。诗还以登山砍薪,象征这对男女已成为夫妻。每章末二句写爱慕之情。男子迎娶了这位貌美德贤的新娘,觉得自己有点儿配不上。他反复地说道:我虽然没有好朋友,但客人宴饮且欢乐;我爱你呀到永远;我虽无美德与你配,但也唱歌把舞跳;我已与你成夫妻,感到舒畅,感到甜蜜和安慰。

青 蝇

营营青蝇①,止于樊②。
岂弟君子③,无信谗言!

营营青蝇,止于棘④。
谗人罔极⑤,交乱四国⑥!

营营青蝇,止于榛⑦。
谗人罔极,构我二人⑧!

苍蝇嗡嗡响,歇在篱笆上。
谦和的君子,莫上谣言当。

苍蝇嗡嗡响,歇在荆棘上。
谗人无准则,惑乱于四方。

苍蝇嗡嗡响,歇在榛树上。
谗人无准则,离间咱们俩。

【注释】

①营营:飞鸣声。
②樊:篱笆。
③岂弟:和乐平易。
④棘:荆棘。
⑤罔极:毫无准则。
⑥交乱:挑起矛盾。
⑦榛:灌木名。
⑧构:挑拨离间。二人:指诗人和君子。

【评析】

这是刺谗之诗。全诗三章。诗以苍蝇比喻小人进谗非常贴切。苍蝇生于污秽之地,处在阴暗角落,专以寻脏逐臭为能事,这正好与奸邪小人在幕后进谗,搬弄是非的丑态相似。苍蝇嗡嗡乱飞,聚群趋污,这正与奸邪小人臭味相投、聚众进谗的丑态暗合。营营不已,驱之不去,暗示小人之多,令人防不胜防。每章首二句为兴体。嗡嗡飞叫的苍蝇,落在篱笆上,落在棘篱上,落在榛篱上。诗以此兴比小人靠拢君子,欲进谗言之态。每章后二句写谗言之危害。先告诫君子不要相信小人的谗言,然后揭露谗言的危害。正是这些谗言,挑起纠纷,乱人视听,将邦国搅得乱七八糟,使人们相互猜疑,使得君臣解体,朋友不和,骨肉相残,手足分离。这从一个侧面反映了西周末年动荡不宁的社会现实。它所表现的痛恨进谗小人的主题应该说超越了那个时代,具有更广泛的意义。

角 弓

骍骍角弓[①],翩其反矣[②]。　调和自如的角弓,松弛就会向外弯。
兄弟昏姻,无胥远矣[③]。　兄弟和亲戚,不要相互疏远。

尔之远矣,民胥然矣[④]。　你如果主动疏远人家,人家就会跟你绝交。
尔之教矣,民胥效矣。　你如果教人疏远,人家就会随你仿效。

此令兄弟[⑤],绰绰有裕[⑥]。　这些善良的兄弟,大家相处多宽厚。
不令兄弟,交相为瘉[⑦]。　那些不善良的兄弟,相互明争与暗斗。

民之无良,相怨一方。　有些人不善良,相互抱怨于对方。
受爵不让,至于己斯亡[⑧]。　贪图禄位不谦让,到头来把仁义都忘光。

老马反为驹,不顾其后。　老马反像小马样,糟糕的后果它不想。
如食宜饇[⑨],如酌孔取[⑩]。　吃饱了还要把肚胀,喝足了还要把酒尝。

毋教猱升木⑪,如涂涂附⑫。　　不要教猴子把树爬,如同物上涂泥巴。
君子有徽猷⑬,小人与属⑭。　　君子如果有善道,小人也会跟随他。

雨雪瀌瀌⑮,见晛曰消⑯。　　雪花在飘洒,见到阳光就融消。
莫肯下遗⑰,式居娄骄⑱。　　不肯对人示谦让,高高在上多骄傲。

雨雪浮浮⑲,见晛曰流⑳。　　雪花在飘洒,见到阳光就化消。
如蛮如髦㉑,我是用忧㉒。　　如同南蛮和夷髦,我因此成天把心操。

【注释】

①骍骍(xīng):调和。角弓:两端施以兽角的弓。
②翩:向反面的样子。
③胥:相。
④胥:副词。皆。
⑤令:善。
⑥绰绰:宽裕。
⑦瘉:病。
⑧亡:通"忘"。
⑨饫(yù):饱。
⑩孔:多。
⑪猱(náo):猿猴。
⑫涂:泥土。涂附:涂泥粘着。
⑬徽猷:善道。
⑭与:从。属:随。
⑮雨雪:下雪。瀌瀌(biāo):雪大的样子。
⑯晛(xiàn):太阳的热气。
⑰下遗:谦虚卑下。
⑱式:语助词。居:指高高在上。娄:通"屡"。
⑲浮浮:义同"瀌瀌"。
⑳流:化水而流。

㉑蛮、髦:皆南方少数民族。
㉒是用:因此。

【评析】

　　这是刺幽王疏远兄弟亲近小人之诗。全诗八章。前四章刺王疏远兄弟。诗以调和的角弓松弛则向反面弯曲,兴比兄弟亲戚不可疏远。要知道骨肉之亲断断不可疏远。你若疏远,则族人也会与你疏远;你若教人疏远,则族人也会随之而仿效。如果有善良的兄弟,大家相处就会宽厚和睦;如果有不善良的兄弟,彼此之间就会勾心斗角。兄弟要是不善良,就必然会互相指责,抱怨对方。这样的人接受官爵,不肯相让,甚至把仁义忘得精光。后四章刺王亲近小人。由于幽王亲近小人,致使小人得志张狂。这些小人犹如老马,可是反自以为驹,不顾其后能否胜任其职。如同饮食但知遂其饱之欲,喝酒只知多取,乃不知稍加斟量,真可谓贪得无厌。小人之性乐于不善,这如同猿猴善于攀援,污泥善于涂附,不教自能。故诗人陈善道告诫幽王:"如果王有善道,那么小人也会为善相从。"最后以"雨雪"反兴小人骄横莫制。大雪纷飞,见日消融。可是这些小人仍气焰嚣张。他们不肯卑下谦恭,只知高高在上肆意骄横;他们如同"蛮""髦",不知礼义。这一切都是由于幽王不以善政教化小人所致。因此,诗人怀有深忧而不能自解。

采　绿

终朝采绿①,不盈一匊②。　　　整个早上采王刍,王刍不满两只手。
予发曲局③,薄言归沐④。　　　我的头发卷又曲,我要回家梳洗头。

终朝采蓝⑤,不盈一襜⑥。　　　整个早上去采蓝,兜起围裙盛不满。
五日为期,六日不詹⑦。　　　　约定五日是归期,过了六天不见还。

之子于狩⑧,言韔其弓⑨。　　　以后丈夫去打猎,我就跟他装弓箭。

之子于钓,言纶之绳⑩。

其钓维何?维鲂及鱮。
维鲂及鱮,薄言观者⑪。

以后丈夫去钓鱼,我就跟他理钓线。

他钓的鱼是什么?是大头鲢和小嘴鳊。
是大头鲢和小嘴鳊,既多又新鲜。

【注释】

①绿:通"菉"。王刍,可制成染料。

②匊:同"掬"。一捧。

③曲局:卷曲,蓬乱。

④薄言:语助词。归沐:回去洗头。

⑤蓝:染青草,可制染料。

⑥襜(chān):围裙。

⑦詹:至。

⑧之子:指丈夫。狩:打猎。

⑨韔(chàng):盛弓的袋子。这里用作动词。

⑩纶:整理钓线。

⑪观:多。者:犹"哉"。

【评析】

这是妻子思念丈夫之诗。全诗四章。前二章写妻子盼望丈夫早点归来。她整个早上采摘王刍,竟然装不满一捧;她整个早上采摘蓝草,竟然装不满一围裙。这是何故呢?原来她无心采摘,站在原野上眺望远方,

企盼丈夫早点归来。她突然发现自己的头发卷曲蓬乱,于是便急忙回家去洗头梳理。她不知眺望了多少次,但总不见丈夫的归影。她终于忍不住了,便埋怨道:"本来约定五日回家,可是第六天还不回来。"她是多么焦急啊!超过归期一天,便如此思念,足见夫妻感情深厚。后二章写妻子想象丈夫归后渔猎之乐。丈夫归来后,如果他去打猎,我就替他装弓箭;如果他去钓鱼,我就替他理钓线。钓的鱼是什么?是鳊鱼和鲢鱼。所钓的鳊鱼和鲢鱼,是何等的多啊!从这些描写中,可以看出她是多么向往着与丈夫共同劳动、亲密共处的快乐生活。

隰　桑

隰桑有阿①,其叶有难②。
既见君子,其乐如何!

隰桑有阿,其叶有沃③。
既见君子,云何不乐!

隰桑有阿,其叶有幽④。
既见君子,德音孔胶⑤。

心乎爱矣,遐不谓矣⑥?
中心藏之⑦,何日忘之!

洼地桑树美,叶儿多柔软。
我看见那个人,心里乐无限!

洼地桑树美,叶儿绿汪汪。
我看见那个人,心花怎能不开放?

洼地桑树美,叶儿青黝黝。
我看见那个人,情话说不休。

心里爱着他,何不向他讲?
心里深藏起,哪天把他忘?

【注释】

①隰桑:低湿地的桑树。有阿:婀娜。
②有难(nuó):柔软。
③有沃:沃沃,柔嫩、润泽。
④有幽:黝黝,墨绿色。

⑤德音:情话。孔胶:缠绵不断、牢固。
⑥遐:何。谓:告白。
⑦中心:心中。藏:埋藏。

【评析】

　　这是女子爱慕男子之诗。全诗四章。前三章以桑树起兴。在一片洼地上,长着葱绿的桑树。它的叶子婀娜、柔软、墨绿。诗以此兴比男子相貌堂堂,风度优雅。难怪这女子一见到他就心花怒放,情话不断。末章以赋的手法,直抒主人公的胸臆:既然心里爱着他,为何不明说呢? 将这爱深藏在心里,一日也难以忘怀。诗写到这里戛然而止,给人以回想的余味。

苕之华

苕之华①,芸其黄矣②。
心之忧矣,维其伤矣。

苕之华,其叶青青③。
知我如此,不如无生④。

牂羊坟首⑤,三星在罶⑥。
人可以食,鲜可以饱⑦!

美丽的凌霄花,花儿正鲜黄。
心里真忧愁,心里多悲伤。

美丽的凌霄花,叶儿正青苍。
知道我如此,何必来世上。

大头母绵羊,竹笼映星光。
人仅能糊口,很少饱饥肠。

【注释】

①苕(tiáo):凌霄。华:同"花"。
②芸:黄盛的样子。
③青青:通"菁菁"。茂盛。
④无生:不生下来。

⑤牂(zāng)羊:母羊。坟:大。
⑥三星:参星。罶(liǔ):捕鱼竹笼。
⑦鲜:少。

【评析】

　　这是叹息年荒人饥之诗。全诗三章。前二章以乐景写哀情。凌霄的花朵金黄灿烂,煞是好看;凌霄的叶子青翠碧绿,一派生机。诗以此反兴人因饥饿而枯瘦。物自盛而人自衰,这种以乐景写哀情的手法非常高明,达到以乐景写哀倍增其哀的艺术效果。经过如此对比,诗人陷入深深的痛苦之中。他绝望地哀叹道:"我的内心多么忧愁,我的内心多么悲伤。早知人生如此困苦,还不如不生在这个世上。"话语之中,饱含着无限的辛酸。末章以哀景写哀情。陆地无草,母羊身体枯瘦,但见它突出的大脑袋;水中无鱼,参星高悬天空,只见它映在捕鱼笼中。这里生动地勾勒出了一幅水陆萧条而凋耗的图景。在这种悲惨的状况中,即使有东西吃的人,也很少能够吃饱。至于一般百姓的命运,就可想而知了。

何草不黄

何草不黄！何日不行！
何人不将①！经营四方②。

什么草不枯黄？哪天不奔忙？
什么人不出征？征讨走四方。

何草不玄③！何人不矜④！
哀我征夫，独为匪民⑤。

什么草不腐烂？什么人不成单身汉？
可怜我们出征人，想要像人难上难。

匪兕匪虎⑥，率彼旷野⑦。
哀我征夫，朝夕不暇。

那猛虎那野牛，沿着旷野急奔走。
可怜我们出征人，早不停来晚不休。

有芃者狐⑧，率彼幽草。
有栈之车⑨，行彼周道。

狐狸尾巴多蓬松，沿着青草到处冲。
兵车高又耸，行在大道中。

【注释】

①将：行役。

②经营：征讨。

③玄：赤黑色。

④矜：通"鳏"。成年男子无妻。

⑤匪：非，不。

⑥匪：彼，那。兕(sì)：野牛。

⑦率：沿着。

⑧芃(péng)：蓬松的样子。

⑨栈(zhàn)：高大。

【评析】

这是征夫苦于行役之诗。全诗四章。首二章以草设喻。诗以"哪一种草不枯黄""哪一种草不发黑"，比喻征夫面黄肌瘦，疲病不堪。何以至此？诗接着就作了交代。这些征夫哪一天不在奔走,哪个人不在行役,为的是给周王征讨四方。由于长年累月地在野外行役,他们都过着鳏夫般的生活。他们长叹一声:"可怜我们这些征夫,难道就不是人吗？"从这凄苦的声音里,我们感到了深深压抑的悲痛和激愤之情。后二章以兽设喻。那些野牛和老虎在旷野里成群地奔跑,比喻这些征夫日日夜夜没有空闲;那些尾巴蓬松的狐狸在草丛中急速地穿行,比喻高大的兵车在那大道上奔驰。这两章将征夫如同野兽般的行役生活形象地描绘了出来,读后令人无比沉痛。

大　雅

文　王

文王在上,於昭于天①。　　文王神灵在上苍,他的光辉耀天上。
周虽旧邦,其命维新②。　　岐周虽然是旧邦,它的国运新气象。
有周不显③,帝命不时④。　　岐周前途很光明,上帝命它常兴旺。
文王陟降,在帝左右。　　　文王时升又时降,紧跟上帝左右旁。

亹亹文王⑤,令闻不已⑥。　　勤勤恳恳的文王,美好声誉真久长。
陈锡哉周⑦,侯文王孙子⑧。　施恩布利培周邦,文王子孙都沾光。
文王孙子,本支百世⑨。　　　文王子孙都沾光,本宗旁支百代长。
凡周之士,不显亦世⑩。　　　凡是周邦的贤臣,也都代代有荣光。

世之不显,厥犹翼翼⑪。　　贤臣世代有荣光,他们的谋略很远长。
思皇多士⑫,生此王国。　　这些英俊的人士,在这王国里生长。
王国克生,维周之桢⑬。　　王国把他们来培养,是那国家的栋梁。
济济多士⑭,文王以宁。　　这些英俊的人士,文王靠他们来安邦。

穆穆文王⑮,于缉熙敬止⑯。　恭敬小心的文王,品德光明行为端庄。
假哉天命⑰,有商孙子。　　伟大啊天命,要商的子孙臣服周邦。
商之孙子,其丽不亿⑱。　　商朝的那些子孙,它的人数难计量。
上帝既命,侯于周服⑲。　　上帝已下命令,要它臣服于周邦。

侯服于周,天命靡常。　　商朝臣服于周邦,天命变化本无常。
殷士肤敏⑳,祼将于京㉑。　殷士美善而敏捷,献酒在周京的庙堂。
厥作祼将,常服黼冔㉒。　　他们在献酒的时光,头戴礼帽身着礼裳。
王之荩臣㉓,无念尔祖㉔。　他们是王的大臣,要把祖先记在心上。

无念尔祖,聿修厥德。　　　要把祖先记在心上,把品德呀来修养。
永言配命,自求多福。　　　永远配合着天命,自己求得福多样。
殷之未丧师,克配上帝。　　殷朝未丧天下时,也能配合上帝的意向。
宜鉴于殷,骏命不易㉕。　　应以殷亡作明镜,保持大命非寻常。

命之不易,无遏尔躬㉖。　　保住大命非寻常,不要断绝在你身上。
宣昭义问㉗,有虞殷自天㉘。宣扬昭示好声望,把殷亡之鉴来度量。
上天之载㉙,无声无臭。　　上天的事情,没有声音没有臭香。
仪刑文王㉚,万邦作孚㉛。　要好好效法周文王,万国信服大周邦。

【注释】

①昭:明。
②维新:乃新,更新。
③不:语助词。显:光耀。
④不:语助词。时:通"持"。持久。
⑤亹亹(wěi):勤勉。
⑥令闻:好声誉。
⑦陈:布。锡:通"赐"。哉:培植。
⑧侯:语助词。
⑨本:本宗。支:支庶。
⑩亦世:累世。
⑪犹:谋。翼翼:深远。
⑫皇:美。
⑬桢:骨干。

186

⑭济济:众多。
⑮穆穆:容止端庄恭敬。
⑯缉熙:光明。
⑰假:伟大。
⑱丽:数。
⑲服:归服。
⑳肤:美。敏:疾。
㉑祼(guàn):灌祭。将:行。
㉒黼(fǔ):礼服。冔(xǔ):礼帽。
㉓荩(jìn):进用。
㉔无:语助词。
㉕骏:大。
㉖遏:断绝。
㉗宣昭:宣扬昭示。义问:善声美誉。
㉘有:通"又"。虞:度,想。
㉙载:事。
㉚仪刑:效法。
㉛孚:信。

【评析】

　　这是歌颂文王功德之诗。全诗七章。首章总写文王功德。文王耸立上苍,光耀弥天。正因为文王之德昭明显耀,所以受天命而"维新"。从此岐周前途无限光明,上帝赐命持久不息。文王之神时升时降,无时不紧跟在上帝的身旁,足见文王之德与上天合一。二、三章正面写文王功德。勤勉的文王,其善声美誉流传不衰。他布利赐恩精心培植周邦。文王孙子无论本宗还是支庶皆蒙其福泽,世代相袭。凡周之臣也能世代显贵。而这些贤臣,其谋略都很深远。因而,生此王国的众多嘉美之臣均为周之骨干,文王则赖以安宁。四、五章侧面写文王功德。由于文王之德光明恭谨,而武王又能继之,故伟大的天命,使周得有天下。商之孙子虽有亿万,但也不得不归服周朝。岂止如此,这些美善而敏捷的殷士,还得身着礼服,按时助祭于周。于是向时王敲响了震耳的警钟:这些殷士如今皆为王所进用之臣,难道不念您祖文王功德吗?六、七章写要以殷商为鉴以文王为法。要念您祖,就务必自己修德,永远配合天命,自求多福。殷未丧失天下之时,其德也能配合上帝,故应时刻以殷之亡作为镜子,从而明白天命难保的道理,千万不能使天命在您的身上断绝。为此,要宣扬昭示懿德美誉,要自度殷亡之理取决于天意。而那冥冥的上天"无声无臭",微茫难求,因而唯一的办法就是效法文王之德。只有如此,天下诸侯才会信服。末章正遥应首章文王德配上天作收,章法极为严整。

旱麓

瞻彼旱麓①,榛楛济济②。　　看那旱山的脚下,榛树楛树长成林。
岂弟君子③,干禄岂弟④。　　和乐平易的君子,求取福禄多遂心。

瑟彼玉瓒⑤,黄流在中。　　那鲜洁的玉器,盛满黄色的美酒。
岂弟君子,福禄攸降。　　和乐平易的君子,福禄降不休。

鸢飞戾天⑥,鱼跃于渊。　　雄鹰飞上天,鱼儿跃在渊。
岂弟君子,遐不作人。　　和乐平易的君子,怎不育人成中坚。

清酒既载⑦,骍牡既备⑧。　　清酒已盛装,红牛已备齐。
以享以祀,以介景福。　　祭祀那祖先,祈求大福气。

瑟彼柞棫⑨,民所燎矣。　　茂密的柞树和棫树,人们把杂草来焚烧。
岂弟君子,神所劳矣⑩。　　和乐平易的君子,神灵下降来慰劳。

莫莫葛藟,施于条枚⑪。　　茂密的野葡萄,蔓延到树枝和树梢。
岂弟君子,求福不回。　　和乐平易的君子,求取福禄走正道。

【注释】

①旱:山名。麓:山脚。

②榛楛(hù):泛指林木。

③岂弟:乐易。君子:指文王。

④干:求取。

⑤瑟:鲜洁。玉瓒:盛酒器皿。

⑥鸢(yuān):鹰类。戾:至。

⑦载:盛装。

⑧骍牡:红色公牛。

⑨瑟:茂密。

⑩劳:犹"佑助"。

⑪条枚:树的枝干。

【评析】

这是歌颂文王祭祀获福之诗。全诗六章。一章写文王求福之自然。诗以旱山脚下林木茂盛,兴比周邦百姓丰乐。正因如此,所以乐易的文王,方得以乐易求福。二章写文王获福之必然。诗以鲜洁的玉器盛上黄色的美酒,兴比文王获福之必然。三章写文王育贤之盛。那蔚蓝的天空,雄鹰奋翅直上云霄;那碧绿的深渊,群鱼摇尾跳跃嬉戏。这"鸢飞""鱼跃"的景象正是兴比文王"作人"之盛。四章写文王祭祀获福。文王奉祀,祭品丰备,以求得更大的福禄。五章写文王感神之至深。由于文王精诚格天,故诗言万民保护柞棫而使之茂盛,兴比天神佑助文王而使之获福。六章写文王求福之正。繁盛的葛藟蔓延于树干之上,这是其性使之然;乐易的文王求福纯正不入邪道,也是其性使之然。

思　齐

思齐大任①,文王之母。
思媚周姜②,京室之妇③。
大姒嗣徽音④,则百斯男。

惠于宗公⑤,神罔时怨⑥,
神罔时恫⑦。刑于寡妻⑧,
至于兄弟,以御于家邦⑨。

雍雍在宫⑩,肃肃在庙,
不显亦临⑪,无射亦保⑫。

肆戎疾不殄⑬,烈假不瑕⑭。
不闻亦式⑮,不谏亦入⑯。

肆成人有德⑰,小子有造⑱。
古之人无斁⑲,誉髦斯士⑳。

端庄的太任,是文王的母亲。
美好的太姜,是京室的妇人。
太姒继承那美德,生下众多的子孙。

文王孝顺先公,神灵没有怨愤,
神灵没有伤痛。示范给他的正妻,
影响到他的弟兄,也推行到一国之中。

和和雍雍在宫室,恭恭敬敬在宗庙。
默默监护着子孙,无私保佑着大众。

巨大灾难不灭绝,功业伟大无毛病。
听到好话就采纳,听到批评也欢迎。

从政者有德行,青年人有造就。
文王爱才无厌倦,乐于选择这新秀。

【注释】

①齐:庄敬。

②媚:美盛。周姜:太王之妻。

③京室:王室。

④嗣:继承。徽音:德音。

⑤惠:孝顺。宗公:祖庙中的先公。

⑥罔:无。时:所。

⑦恫:痛恨。

⑧刑:通"型"。示范。寡妻:正妻。

⑨御:进而。

⑩雍雍:和悦。

⑪不显:指幽暗处。

⑫无射:无厌倦。

⑬肆:故今。戎疾:大灾难。殄:绝灭。

⑭烈假:功烈伟大。瑕:缺点。

⑮式:用。

⑯入:纳。

⑰成人:指从政者。

⑱小子:指青年人。有造:有所造就。

⑲古之人:指文王。

⑳誉:通"豫"。快乐。髦:选择。

【评析】

　　这是歌颂文王美德之诗。全诗五章。首章写文王美德之由成。庄敬的太任是文王的母亲,美好的周姜是太王的妻子。而文王之妃太姒能兼继太任、周姜之美德,故而生下"百斯男"。诗首言"周室三母",一则以见文王有圣母之教,二则以见文王有贤妃之助。如此说来,文王美德之形成绝非偶然。二章写文王美德之施予。文王美德,施予甚广,事神治人两尽其道。文王孝祀祖庙先公,先公之神无所怨恨。文王示范于正妻,示范于宗族兄弟,示范进及于国家。足见文王之美德流播深广。三章写文王美德之纯粹。文王在宫室和颜悦色,在宗庙肃穆恭敬,这是美德之表征。文王在幽暗处也如同有人在监视,对臣民爱之无厌也要慎重自保,这是美德之内涵。四章写文王美德之见于事。大患难虽然不绝,然而文王功烈伟大无缺点可寻。文王听到善言就采纳,听到批评也欢迎。这足见文王之德的确美盛。五章写文王美德之化人。由于文王德盛,潜移默化,故一时人才蔚起。士大夫皆有德行,青年人也有所造就。文王爱才无厌,故乐于选择这些英俊之士。

生　民

厥初生民①,时维姜嫄。
生民如何?克禋克祀②,
以弗无子③。履帝武敏歆④,
攸介攸止⑤。载震载夙⑥,
载生载育,时维后稷。

那当初生人者,这就是那姜嫄。
生人怎么样?她能祭祀天,
消除无子的遗憾。踏帝脚印腹中动,
从此别居而止息。胎儿震动胎儿平息,
胎儿生长胎儿发育,这就是后稷。

诞弥厥月⑦,先生如达⑧。
不坼不副⑨,无菑无害⑩。
以赫厥灵,上帝不宁?
不康禋祀,居然生子⑪。

姜嫄怀足了月份,生下头胎非常快。
胞衣不破不裂开,没有痛苦没有害。
显出那样的灵异,是上帝不安在作怪?
对我的祭祀不开怀,居然生下个肉蛋来。

诞寘之隘巷,牛羊腓字之⑫。
诞寘之平林,会伐平林⑬。
诞寘之寒冰,鸟覆翼之。
鸟乃去矣,后稷呱矣⑭。
实覃实訏⑮,厥声载路。

把他扔在小狭巷,保护他的有牛羊。
把他扔在树林里,恰逢人们伐树忙。
把他放在寒冰上,鸟儿覆盖用翅膀。
鸟儿飞去后,后稷呱呱泪汪汪。
哭声大而长,声音很洪亮。

诞实匍匐⑯,克岐克嶷⑰,
以就口食⑱。艺之荏菽⑲,
荏菽旆旆⑳,禾役穟穟㉑,
麻麦幪幪㉒,瓜瓞唪唪㉓。

后稷刚会爬,智慧真不差,
竟会种庄稼。种上那大豆,
大豆密麻麻,禾苗很挺拔,
麻麦密匝匝,还有累累的大瓜和小瓜。

192

诞后稷之穑,有相之道㉔。
茀厥丰草㉕,种之黄茂㉖。
实方实苞㉗,实种实褎㉘,
实发实秀㉙,实坚实好,
实颖实栗㉚。即有邰家室㉛。

诞降嘉种,维秬维秠㉜,
维穈维芑㉝。恒之秬秠㉞,
是获是亩㉟,恒之穈芑,
是任是负㊱,以归肇祀㊲。

诞我祀如何?或舂或揄㊳,
或簸或蹂㊴,释之叟叟㊵,
烝之浮浮㊶,载谋载惟㊷,
取萧祭脂㊸,取羝以軷㊹。
载燔载烈,以兴嗣岁。

卬盛于豆㊺,于豆于登㊻。
其香始升,上帝居歆㊼。
胡臭亶时㊽,后稷肇祀。
庶无罪悔,以迄于今。

后稷种庄稼,相地有方法。
拔除杂草一把把,种下一片好庄稼。
种子吐芽又含苞,苗儿短来苗儿高,
茎儿拔节抽穗早,茎儿坚呀茎儿好,
穗儿下垂谷粒饱。他到邰地立家了。

上天降下好种子,是黑黍和双米黍,
是红粱和白粱。黑黍和双米黍种满地,
收割完毕后放地上,红粱和白粱种满地,
把它抱起肩上扛,回去祭祀报神主。

我们的祭祀怎么样?有的在舂米有的舀米忙,
有的在搓米有的扬米糠。淘米之声嗖嗖响,
蒸米之气正飞扬。出主意细思量,
取来萧脂祭上帝,路祭取来公绵羊。
又是烧来又是烤,祈求明年更兴旺。

我把祭品盛木器,木器瓦器全摆上。
那香气开始升上天,上帝欣然来用享。
浓郁的气味的确香,后稷开始祭上苍。
幸无过错挂心肠,直到现在都一样。

【注释】

①民:人。
②禋祀:祭祀。
③弗:通"祓"。除灾。
④武:迹。敏:拇。歆:动。
⑤介、止:休息。

193

⑥震:动。夙:息。

⑦弥:满。

⑧先生:初生。达:滑利。

⑨坼(chè)、副(pì):裂开。

⑩菑(zāi):同"灾"。

⑪居然:惊惧。子:卵。

⑫腓(féi):庇护。字:哺乳。

⑬会:适逢。

⑭呱(gū):哭。

⑮覃(tán):长。讦(xū):大。

⑯匍匐(púfú):爬行。

⑰岐:知。嶷:识。

⑱就:成。

⑲艺(yì):种植。荏菽:大豆。

⑳旆旆(pèi):茂盛。

㉑穟穟:禾穗成熟的样子。

㉒幪幪:茂盛的样子。

㉓瓞(dié):小瓜。唪唪(běng):累累。

㉔相:观看。道:方法。

㉕茀(fú):拔除。

㉖黄茂:泛指五谷。

㉗方:始吐芽。苞:含苞。

㉘种:苗短。褎(yòu):苗长。

㉙发:禾茎长。秀:禾穗。

㉚颖:禾穗下垂。栗:谷粒饱满。

㉛邰:地名。

㉜秬(jù):黑黍。秠(pī):双米黍。

㉝糜(mén):赤梁粟。芑:白梁粟。

㉞恒:遍地。

㉟亩:把作物堆在田亩。

㊱任:抱。负:背。
㊲肇祀:开始祭祀。
㊳揄(yóu):舀。
㊴蹂:通"揉"。以手揉米使糠米分开。
㊵释:淘米。叟叟:淘米声。
㊶烝:即"蒸"。浮浮:热气上腾。
㊷谋、惟:计划筹谋。
㊸脂:指牛羊等的脂肪。
㊹羝(dī):公羊。軷(bá):祭路神。
㊺卬(áng):我。豆:木盘。
㊻登:瓦器。
㊼歆:享受。
㊽臭(xiù):气味。亶(dǎn):真。时:善。

【评析】

　　这是歌颂周始祖后稷之诗。全诗八章。此诗富有浓郁的神话色彩,诗中所塑造的后稷形象实为一位神化了的英雄。诗以"赫厥灵"为纲,从不同侧面描写后稷的神异。前三章写后稷诞生前后的神异。一章写后稷在母体孕育的神异。姜嫄在郊野祭祀上帝,以消除无子之疾。她踏在上帝足印的拇指处,结果身动如孕。此后,她独自别居止息。胎儿在她的腹中渐渐发育,这就是后稷。二章写后稷诞生的神异。姜嫄怀足了月份,生下头胎非常顺利。衣胞不破不裂,无灾无害。姜嫄以为上帝不安享她的祭祀,才居然生下这么个圆球形的肉体,难怪她惊惧不已。三章写后稷被弃不死的神异。先弃之小巷,谁知有牛羊跑来庇护哺乳;继而弃之树林,谁知又恰逢人们前来砍伐木材;最后弃之寒冰,谁知更有鸟儿飞来用翅膀覆盖。后稷得到鸟伏的暖气,便破胞而出,显出了婴儿的原形。他的哭声又长又大,传满道路,震荡四野。姜嫄得知此情,遂收而养之。中三章写后稷艺农的神异。四章写后稷幼时艺农的神异。后稷刚会匍匐爬行时,就有知有识,聪慧异常,竟会种植庄稼,所种庄稼无不繁茂。五章写后稷成人后艺农的神异。他懂得相地之宜,铲除杂草,精选良种,播上金黄色的谷物。因后稷艺农有功,故受封于邰而立国。六章写后稷率民稼穑的神异。由于上帝佑助后稷,故而降下许多良种。后稷率民遍地种上良种,待到作物成熟,又率民收割,然后回家举行祭祀。末二章写后稷率民祭祀的神异。七章写后稷率民准备祭品。八章写后稷率民举行祭祀。从后稷开始祭祀,世世代代均无过错,以至于今世。

公　刘

笃公刘①,匪居匪康②。
乃埸乃疆③,乃积乃仓。
乃裹餱粮④,于橐于囊⑤,
思辑用光⑥。弓矢斯张,
干戈戚扬⑦,爰方启行⑧。

笃公刘,于胥斯原⑨。
既庶既繁⑩,既顺迺宣⑪,
而无永叹⑫。陟则在巘⑬,

忠厚的公刘,不敢安居把福享。
分田界划田疆,粮堆场粮入仓。
包裹那干粮,袋里盛囊里装,
百姓和睦光大周邦。把箭搭在弓弦上,
干戈戚斧肩上扛,这就出发迁他方。

忠厚的公刘,察看这块大地方。
人口多物产旺。民心归顺情舒畅,
再无长叹把心伤。登上那山冈,

复降在原。何以舟之[14],
维玉及瑶,鞞琫容刀[15]。

笃公刘,逝彼百泉[16],
瞻彼溥原[17]。迺陟南冈,
乃觏于京[18]。京师之野[19],
于时处处[20],于时庐旅[21],
于时言言[22],于时语语[23]。

笃公刘,于京斯依[24]。
跄跄济济[25],俾筵俾几[26]。
既登乃依,乃造其曹[27]。
执豕于牢[28],酌之用匏[29]。
食之饮之,君之宗之[30]。

笃公刘,既溥既长。
既景迺冈[31],相其阴阳[32]。
观其流泉。其军三单[33],
度其隰原[34],彻田为粮[35]。
度其夕阳[36],豳居允荒[37]。

笃公刘,于豳斯馆[38]。
涉渭为乱[39],取厉取锻[40]。
止基乃理[41],爰众爰有[42]。
夹其皇涧[43],溯其过涧[44]。
止旅迺密[45],芮鞫之即[46]。

又下到平原上。他佩带着什么?
美玉宝石挂腰上,玉饰刀鞘闪银光。

忠厚的公刘,去看那百泉流淌,
把那广阔的平原眺望。登上南边的山冈,
看见京这个地方。京师的原野上,
有的就住在这地方,有的就寄寓这地方,
有的在这里把话说,有的在这里把话讲。

忠厚的公刘,安居在京这地方。
威仪端庄人满堂,设席设几多繁忙,
登上竹席靠几旁,大家排在座位上。
捉那猪儿在猪圈,用瓢舀那醇酒浆。
给他们饮给他们尝,做他们君王做宗长。

忠厚的公刘,开辟的土地广又长。
测日影登高冈,看哪阴来看哪阳,
看那泉水的流向。把军队三分来垦荒,
把那高原平地来测量,治理田亩种食粮。
测量那西边的山冈,豳的居地的确宽广。

忠厚的公刘,在豳地建宫室。
用船横渡那渭水,取来磨石和锻石。
宫室基础已治理,人口众多财充实。
有的夹着皇涧住,有的面向过涧息。
居住人口渐稠密,湾里湾外都聚集。

【注释】

①笃:忠厚。

②匪居匪康:匪康居,意为不安居。

③埸(yì):田界。

④餱(hóu)粮:干粮。

⑤橐(tuó):无底口袋。囊:有底口袋。

⑥辑:和睦。光:光大。

⑦戚:斧子。扬:大斧。

⑧方:开始。启行:出发。

⑨胥:察看。

⑩庶、繁:指人物众多。

⑪顺:归顺。宣:舒畅。

⑫永:长。

⑬巘(yǎn):小山。

⑭舟:通"周"。环绕。

⑮鞞琫(bǐng béng):刀鞘上的装饰物。容刀:装饰过的佩刀。

⑯逝:往。

⑰溥:广阔。

⑱觏(gòu):看见。京:地名。

⑲师:京都。

⑳处处:居住。

㉑庐旅:暂居。

㉒言言:畅所欲言。

㉓语语:无所不语。

㉔依:安居。

㉕跄跄济济:群臣威仪端庄肃穆。

㉖俾:摆设。

㉗造:犹"比"。排位。曹:众宾。

㉘牢:猪圈。

㉙匏(páo):用葫芦做的瓢。

㉚君:当君王。宗:当宗主。
㉛景:同"影"。测日影。
㉜阴:山北。阳:山南。
㉝单:通"禅"。轮流代替。
㉞隰:低湿地。
㉟彻:治。
㊱夕阳:山的西面。
㊲允荒:实在大。
㊳馆:建房舍。
㊴乱:横流而断。
㊵厉:磨刀石。锻:锻石。
㊶理:治理。
㊷众:人多。有:财足。
㊸皇涧:水名。
㊹溯:面向。过涧:水名。
㊺旅:寄居。
㊻芮(ruì):水边向内凹处。鞫(jú):水边向外凸处。即:就。

【评析】

这是歌颂公刘由邰迁豳之诗。全诗六章。首章写准备出发。忠厚的公刘,不敢安居。他率民整治田亩,囤积粮食。为供移民途中急需,将干粮盛满口袋;为鼓舞士气,号召周族团结一心从而光大周邦;为防意外,命令士兵肩扛武器。一切准备就绪,于是开始出发。二章写察看平原。一到豳地,公刘便察看平原。随来之民众多,其心归顺,其情舒畅,而无长叹之声。公刘身体力行,不惮操劳,时而登上山顶,时而又下至平原。他身系美玉,腰佩容刀,显得非常英武。三章写安顿百姓。公刘经过视察,选定"京"这个地方。有的在此定居,有的在此寄居,有的在此欢歌,有的在此笑语,民情欢洽,气氛极为活跃。四章写庙成庆典。公刘在"京"首先营建宗庙。宗庙始成,即举行庆典,宴饮群臣。群臣皆有威仪,公刘使之按尊卑次序入席就座。公刘请他们食肉,请他们饮酒;做他们的君王,做他们的宗主。五章写拓垦田亩。已开垦的土地又长又大。为了继续拓垦田亩,公刘又测量日影以定方向,登上高冈以望远方。他察看山北山南,看是否寒暖得宜,以便耕稼;他考察河流泉水,看是否地势适中,以便灌溉。公刘将军队分成三批,轮番服役,去测量地势低洼的平原,整治田亩生产粮食。为了扩大耕地,还必须勘测山西面的土地。至此,豳的居地的确广大。六章写营室定居。公刘在豳地修建房舍。为此,用船截流横渡渭水,去取来粗石与砥石。房舍已经建成,百姓更多,财物益足。有的在"皇涧"两岸住着,有的面向"过涧"住着。诗写至此戛然而止,余味无穷。不难见出,公刘之国已初具规模,而且还大有日进无疆之势。公刘真不愧为周朝历史上一位伟大的英雄。

板

上帝板板①,下民卒瘅②。
出话不然③,为犹不远④。
靡圣管管⑤,不实于亶⑥。
犹之未远,是用大谏。

天之方难,无然宪宪⑦。
天之方蹶⑧,无然泄泄⑨。
辞之辑矣⑩,民之洽矣⑪。
辞之怿矣⑫,民之莫矣⑬。

我虽异事⑭,及尔同寮⑮。
我即尔谋⑯,听我嚣嚣⑰。
我言维服⑱,勿以为笑。
先民有言,询于刍荛⑲。

上帝行为多乖张,下面百姓尽遭殃。
说出话来不像样,订的谋略不久长。
漠视圣人自放纵,一点诚信也不讲。
谋略订得不久长,因此劝告把话讲。

老天正在降灾殃,不要这样喜若狂。
老天正在大动荡,不要这样哇哇讲。
政教如宽缓,百姓就舒畅。
政教如败坏,百姓就遭殃。

我的职务虽不一样,和你都在朝廷上。
我来跟你同谋划,你却不肯听我讲。
我的话儿都实在,不要以为是谈笑。
古人曾说过:要向樵夫来请教。

200

天之方虐,无然谑谑[20]。　　老天正在逞凶暴,不要这样乐陶陶。
老夫灌灌[21],小子蹻蹻[22]。　　老夫诚恳来忠告,小子气扬多骄傲。
匪我言耄[23],尔用忧谑[24]。　　不要以为我老糊涂,把我的话儿当笑料。
多将熇熇[25],不可救药。　　　你如作恶像烈火,那真正是不可救药。

天之方懠[26],无为夸毗[27]。　　老天正在发脾气,不要夸谈喳叽叽。
威仪卒迷[28],善人载尸。　　　乱七八糟没礼仪,好人如尸把口闭。
民之方殿屎[29],则莫我敢葵[30]。百姓正在叹着气,没谁敢把我护庇。
丧乱蔑资[31],曾莫惠我师[32]。　天灾人祸没生计,竟没谁肯把大众来救济。

天之牖民[33],如埙如篪[34],　　老天诱导那百姓,如埙如篪相和鸣。
如璋如圭,如取如携。　　　　　如璋如圭配得紧,如取物携物在手心。
携无曰益[35],牖民孔易。　　　携物莫说有阻碍,诱导百姓容易得很。
民之多辟[36],无自立辟[37]。　百姓多干邪僻事,是因擅自立法不合情。

价人维藩[38],大师维垣[39]。　掌军权者是藩篱,掌政权者是围墙。
大邦维屏[40],大宗维翰[41]。　天子之邦是屏障,天子之宗是栋梁。
怀德维宁,宗子维城[42]。　　　若怀明德天下安,天子就是那城墙。
无俾城坏,无独斯畏。　　　　　不要使那城墙坏,不要独居太恐慌。

敬天之怒,无敢戏豫[43]。　　　要敬畏老天的怒气,不敢随便地嬉戏。
敬天之渝[44],无敢驰驱。　　　要敬畏老天的变异,不敢成天奔驰急。
昊天曰明,及尔出王[45]。　　　老天明察秋毫,监视你前往娱乐地。
昊天曰旦[46],及尔游衍[47]。　老天明察秋毫,监视你出外去游戏。

【注释】

①板板:乖戾。
②瘅(dàn):劳瘁病苦。

201

③不然:不对。

④犹:谋。

⑤靡圣:目无圣人。管管:无所依据的样子。

⑥亶(dǎn):诚信。

⑦宪宪:通"欣欣"。喜悦。

⑧蹶(guì):动。

⑨泄泄:喋喋不休。

⑩辞:政令之辞。辑:缓和。

⑪洽:和谐。

⑫怿(yì):通"殬"。败坏。

⑬莫:通"瘼"。病。

⑭异事:职务不同。

⑮同寮:即"同僚"。

⑯即:就。

⑰嚣嚣:不肯受言的样子。

⑱服:用。

⑲询:问。刍荛:樵夫。

⑳谑谑(xuè):喜乐。

㉑灌灌:诚恳。

㉒蹻蹻:骄傲。

㉓耄(mào):老人。

㉔忧谑:嬉戏。

㉕熇熇(hè):炽盛。

㉖愭(qí):愤怒。

㉗夸毗(pí):说大话。

㉘迷:乱。

㉙殿屎:呻吟。

㉚葵:庇护。

㉛蔑资:无财物。

㉜惠:体恤。师:民众。

㉝牖(yǒu):诱导。

㉞埙(xūn):土制乐器。篪(chí):竹管乐器。

㉟益:通"隘"。阻碍。

㊱辟:邪僻。

㊲辟:法。

㊳价人:指卿士掌军事者。藩:篱笆。

㊴大师:最高的执政者。垣:墙。

㊵大邦:周邦。屏:屏障。

㊶大宗:周宗。翰:栋梁。

㊷宗子:周天子。

㊸戏:嬉戏。豫:通"娱"。快乐。

㊹渝:变,灾异。

㊺王:通"往"。

㊻旦:明。

㊼游衍:游逛。

【评析】

这是凡伯刺厉王之诗。全诗八章。一、二章斥王慢天违圣。上帝乖戾,使百姓劳瘁不堪。这是轻慢上天所造成的恶果。厉王出言不合情理,为谋也不远长;漠视先圣,言行不一;目光短浅,"是用大谏"。上帝正在降灾,而您还如此欣喜;上帝正在作乱,而您还如此夸耀。若政教宽缓,则百姓和谐;若政教败坏,则百姓疾苦。这二章造语犀利,促人猛醒。三、四章斥王不听善言。您是君,我是臣,虽然职事不同,但同治天下则无异。我竭力出谋献策,而您却高傲自大,充耳不闻。我的话句句实在,不要以为是谈笑。古人说过:"樵夫之言尚可询。"上帝正在暴虐,您不要如此喜乐。我诚恳忠告,而您却趾高气扬。不要以为我老昏而妄言,将我的话当作儿戏。您如行恶如炽盛之烈火,那将真正不可救药。这二章针砭入髓,意欲厉王猛醒。五、六章斥王不恤民情。如今百姓正在痛苦中呻吟,也没有谁敢庇护我。时遭丧乱,财用匮竭,乃不能救济苍生。其实上天诱民极其容易。如今百姓之所以多行邪僻之事,是因为厉王擅

203

自制定了不合理的法律。七、八章谏王修德敬天。掌军权者是天下的藩篱，掌政权者是天下的围墙，天子之邦是天下的屏障，天子之宗是天下的栋梁。天子若怀明德，则天下太平。所以天子实乃天下的城墙。千万不能使城墙毁坏。若"城"坏，则"藩""垣""屏""翰"也就随之而坏。于是规劝厉王务必修德，不要成为孤家寡人，独居而可畏。诗人见微知著，可谓有识。至于天变，尤当敬畏。要敬畏上天的盛怒，不敢嬉戏游乐；要敬畏上天的变异，不敢驾马驱车。上天明察秋毫，实在可畏。您出行、游逛，上天无时无刻不在监视。若要回天。务必敬天，此言此语，足以唤得人醒。厉王若还执迷不悟，那只能说是咎由自取。

荡

荡荡上帝①，下民之辟②。　　恩德广大的上帝，是下民的君王。
疾威上帝③，其命多辟④。　　性情暴虐的上帝，他的命令多乖张。
天生烝民⑤，其命匪谌⑥。　　上天生下众百姓，他的命令不可信。
靡不有初，鲜克有终。　　　　无不有个好开头，很少能够有善终。

文王曰咨⑦，咨女殷商。　　　文王说：唉！唉，你这殷商。
曾是强御⑧，曾是掊克⑨，　　怎么这样暴虐凶狂，怎么这样搜刮一光？
曾是在位，曾是在服⑩。　　　怎么让他们高高在上？怎么让他们大权独掌？
天降慆德⑪，女兴是力⑫。　　上天降下缺德之人，你竟助之兴风作浪。

文王曰咨，咨女殷商。　　　　文王说：唉！唉，你这殷商。
而秉义类⑬，强御多怼⑭。　　掌权者都是坏心肠，强暴者多遭怨谤。
流言以对⑮，寇攘式内⑯。　　柔恶者把流言进上，国内出现偷和抢。
侯作侯祝⑰，靡届靡究⑱。　　百姓诅咒这世道，没有尽头没收场。

文王曰咨,咨女殷商。
女炰烋于中国⑲,敛怨以为德⑳。
不明尔德㉑,时无背无侧㉒。
尔德不明,以无陪无卿㉓。

文王说:唉!唉,你这殷商。
你咆哮在国内多张狂,怨声载道还逞强。
你的品德不光明,不知恶人在身旁。
你的品德不光明,没有贤臣来相帮。

文王曰咨,咨女殷商。
天不湎尔以酒㉔,不义从式㉕。
既愆尔止㉖,靡明靡晦㉗。
式号式呼,俾昼作夜。

文王说:唉!唉,你这殷商。
老天不让你贪酒浆,做那坏事更不当。
你的容止哪像样,不分黑夜和天亮。
又是叫来又是嚷,黑夜当作大天光。

文王曰咨,咨女殷商。
如蜩如螗㉘,如沸如羹。
小大近丧,人尚乎由行㉙。
内奰于中国㉚,覃及鬼方㉛。

文王说:唉!唉,你这殷商。
乱得像小蝉鸣大蝉嚷,像水儿滚汤儿扬。
小小大大近丧亡,你还把乱政来推广。
在国内怨声如沸汤,进而波及到鬼方。

文王曰咨,咨女殷商。
匪上帝不时㉜,殷不用旧㉝。
虽无老成人,尚有典刑㉞。
曾是不听,大命以倾。

文王说:唉!唉,你这殷商。
不是上帝不善良,是殷不用旧规章。
虽然没有老成人,还有典型可效仿。
这些你都不听从,国家命运该灭亡。

文王曰咨,咨女殷商。
人亦有言,颠沛之揭㉟,
枝叶未有害,本实先拨㊱。
殷鉴不远,在夏后之世。

文王说:唉!唉,你这殷商。
人们也曾这样讲:树木颠倒根儿扬,
枝枝叶叶没损伤,根儿首先离土壤。
殷朝的镜子并不远,就在夏后怎么亡。

【注释】

①荡荡:广大。
②辟:君。

③疾威:暴虐。

④辟:邪僻。

⑤烝:众。

⑥匪谌(chén):不信。

⑦咨:叹词。

⑧强御:暴虐。

⑨掊(póu)克:横征暴敛。

⑩服:政事。

⑪忝(tāo)德:无德。

⑫兴:助。

⑬义类:邪曲。

⑭怼(duì):怨恨。

⑮对:应答。

⑯攘:盗。

⑰侯:语助词。作、祝:诅咒。

⑱届:极。究:穷。

⑲炰烋(páo xiāo):同"咆哮"。

⑳敛怨:积怨。

㉑不明:昏暗。

㉒时:是。背、侧:指恶人。

㉓陪、卿:指善人。

㉔湎:沉溺。

㉕式:法。

㉖愆(qiān):过错。止:举止。

㉗晦:指黑夜。

㉘蜩(tiáo):蝉。螗:蝉的一种。

㉙尚:还。

㉚奰(bì):盛怒。

㉛覃(tán):延。鬼方:远方。

㉜时:善。

㉝旧:指旧有的典章制度。
㉞典刑:即典型。
㉟颠沛:倒下。揭:树根翘起的样子。
㊱本:树根或主干。拨:断绝,败坏。

【评析】

　　这是召穆公刺厉王之诗。全诗八章。此诗格局尤奇,除首章直斥厉王外,其余各章均为文王叹殷之词。这种奇特的格局,在《雅》诗中实属罕见。这是因为厉王之恶类似商纣,所以文王嗟叹商纣,即等于诗人讽刺厉王。这种托古讽今、指桑骂槐的手法,颇为别致。首章斥王失德慢天。上帝反复无常,是由厉王失德慢天所致。上天生下众民,其命令难以相信,正是因为厉王不能以善道自终。二章斥王贪婪暴戾。厉王所用皆强暴之人,皆聚敛之辈。上天降下这些缺德之人,而您竟助之为恶。三章斥王任用小人。厉王所用皆邪恶小人。强暴者鱼肉百姓,故多遭怨恨;柔恶者爱进谗言,故贼寇滋生。对此,百姓只有诅咒,且无穷无尽。四章斥王善恶不明。厉王骄横咆哮,不但不以积怨为恶,反而以之为德,真是昏聩至极。他善恶不明,良莠不辨。明有"背仄"之小人,厉王谓之"无"而加以重用;明有"陪卿"之贤人,厉王谓之"无"而加以摒弃,这岂不昏庸透顶。五章斥王沉湎于酒。上天不让沉湎于酒,可是厉王不畏天命,偏偏纵酒逸乐,荒淫无度。他饮酒败仪,无时不醉,叫号狂呼,"俾昼作夜",昏昏沉沉真是到了无以复加的地步。六章斥王怙恶不悛。朝政无论大小皆临近丧亡。因此民情激愤,怨声载道。这怨叹之声如蝉之鸣,如羹之沸,整个中国无静之时,无宁之所。开始不过内怒于中国,继而延及鬼方。远近皆怒,如火蔓延,岂可扑灭。七章斥王废弃旧典。旧典乃治国之宝,可是厉王却弃而不用。国中虽无"老成人",但还有"典刑"可资效法。您怎么这样置若罔闻,不肯听从。既然如此,那国家的命运必将倾覆。八章斥王败坏本根。道德是国君的本根。厉王失德,根本已坏,若不修德,国之必亡。结尾规谏厉王改图,莫蹈纣王覆辙。这一告诫何其深切。

抑

抑抑威仪①,维德之隅②。
人亦有言,靡哲不愚。
庶人之愚,亦职维疾③。
哲人之愚,亦维斯戾④。

无竞维人⑤,四方其训之⑥。
有觉德行⑦,四国顺之⑧。
讦谟定命⑨,远犹辰告⑩。
敬慎威仪,维民之则。

其在于今,兴迷乱于政⑪。
颠覆其德,荒湛于酒。
女虽湛乐从,弗念厥绍⑫。
罔敷求先王⑬,克共明刑⑭。

肆皇天弗尚⑮,如彼泉流,
无沦胥以亡⑯。夙兴夜寐,
洒扫廷内,维民之章。
修尔车马,弓矢戎兵⑰,
用戒戎作⑱,用逷蛮方⑲。

质尔人民⑳,谨尔侯度㉑,
用戒不虞㉒。慎尔出话,
敬尔威仪,无不柔嘉㉓。

慎密的威仪,是道德的表征。
人们也这样说过:没有聪明人不装愚蠢。
一般人愚蠢,也常是一种通病。
聪明人愚蠢,也是为了避免罪刑。

为政莫如得人,四方都会效法他。
德行光明正大,四国都会顺从他。
制大谋定号令,制远谋时宣告。
谨慎你的仪表,百姓就会仿效。

就在如今这时辰,小人搞乱这国政。
败坏那德行,成天把酒饮。
你只把欢乐去追寻,不把先人的传统记在心。
不广求先王的治国之道,把光明的法度来推行。

如今老天不保佑,如同泉水急奔流,
都相率沉没不回头。早早起迟迟睡,
打扫厅堂和室内,做那百姓的表率。
修好你的车马,还有弓箭和刀枪。
用以制止战争,用以驱逐蛮邦。

告诫你的百姓,谨守你的法度,
用以防止意外变故。你说话要谨慎,
你态度要恭敬,这就处处安宁。

208

白圭之玷㉔,尚可磨也。
斯言之玷,不可为也。

无易由言㉕,无曰苟矣㉖。
莫扪朕舌㉗,言不可逝矣㉘。
无言不雠㉙,无德不报。
惠于朋友,庶民小子。
子孙绳绳㉚,万民靡不承㉛。

视尔友君子,辑柔尔颜㉜,
不遐有愆㉝。相在尔室,
尚不愧于屋漏㉞。无曰不显,
莫予云觏㉟。神之格思㊱,
不可度思,矧可射思㊲。

辟尔为德㊳,俾臧俾嘉㊴。
淑慎尔止㊵,不愆于仪。
不僭不贼㊶,鲜不为则。
投我以桃,报之以李。
彼童而角㊷,实虹小子㊸。

荏染柔木㊹,言缗之丝㊺。
温温恭人,维德之基。
其维哲人,告之话言㊻,
顺德之行。其维愚人,
覆谓我僭㊼,民各有心。

於乎小子,未知臧否。
匪手携之,言示之事㊽。

白玉上的污点,还可以磨掉。
这话语的毛病,那就改变不了。

不要轻易发言,允诺不要随便。
没有谁按住舌头,话一出口不可回收。
凡话皆有反响,凡德皆有影响。
要施惠给朋友,以及广大民众。
子孙连绵不断,万民无不顺从。

对待你的好友,态度容颜要和柔,
就不会有何过咎。看你一人在室内,
暗角里也不会有愧疚。不要说这里不明显,
没人能把我看透。神灵降临呀,
不能够揣度,岂可厌倦不把德修。

你要修明德行,使它完善美好。
谨慎你的仪表,不要失去礼貌。
不犯错不残暴,很少不为人仿效。
投给我木桃,我用李来回报。
说那小羊生了角,这实在是骗人瞎胡闹。

那坚韧的柔木,安上丝线可做琴。
那温和恭敬的人,是道德的根本。
他若是个聪明人,告诉他善言,
就能顺着正道行。他若是个愚蠢人,
反说我言不可信,人们各有不同的心。

唉,小子!好坏都不知。
不但用手携着他,还要告诉他事多。

匪面命之,言提其耳。　　　不但当面教训他,还要提着他耳朵。
借曰未知,亦既抱子。　　　你借口说没知识,也已抱上了儿子。
民之靡盈^㊾,谁夙知而莫成^㊿。　人们要是不自满,谁会早知而成功迟。

昊天孔昭^㉛,我生靡乐。　　老天很明白,我活着不舒畅。
视尔梦梦^㉜,我心惨惨^㉝。　　看你昏昏沉沉,我的心无比愁闷。
诲尔谆谆,听我藐藐^㉞。　　教导你一遍又一遍,而你却充耳不闻。
匪用为教^㉟,覆用为虐^㊱。　　不用善言施教,反而用它开玩笑。
借曰未知,亦聿既耄^㊲。　　借口说没知识,也已七十又八老。

於乎小子,告尔旧止^㊳。　　唉,小子!告诉你旧规章。
听用我谋,庶无大悔^㊴。　　你若听从我主张,该不至于大懊丧。
天方艰难,曰丧厥国。　　　老天正在降灾殃,说不定国家会灭亡。
取譬不远,昊天不忒^㊵。　　我的举例在眼前,上天办事很恰当。
回遹其德^㊶,俾民大棘^㊷。　　你的德行多邪僻,致使百姓遭大殃。

【注释】

①抑抑:慎密。

②隅:方正。

③职:主,常。疾:毛病。

④戾:善。

⑤无竞:莫强。

⑥训:效法。

⑦觉:正直。

⑧顺:服从。

⑨訏:大。谟:谋略。定命:确定政令。

⑩远犹:远大计谋。辰告:按时宣告。

⑪兴:皆,都。

210

⑫绍:继。

⑬敷:广。

⑭克:能。共:通"拱"。执行。明刑:英明的法典。

⑮肆:如今。尚:保佑。

⑯沦胥:沉没。

⑰戎兵:指武器。

⑱戒:警戒。戎:战争。作:兴。

⑲逷(tì):驱除。

⑳质:告诫。

㉑度:法度。

㉒不虞:意外之变。

㉓柔:安。嘉:善。

㉔玷(diàn):斑点。

㉕无易:不要轻易。

㉖苟:随便。

㉗扪(mén):按住。朕:我。

㉘逝:追。

㉙雠:应答。

㉚绳绳:连绵不断。

㉛承:顺。

㉜辑:和。

㉝遏:通"何"。愆:过错。

㉞屋漏:室之深暗处。

㉟云:语气词。觏:看见。

㊱格:至。

㊲矧(shěn):况且。射:通"斁"。厌倦。

㊳辟:彰明。

㊴臧、嘉:皆善。

㊵止:行为,举止。

㊶僭:潜。贼:残害。

㊷童：秃。

㊸虹：惑乱。

㊹荏染：柔弱。

㊺缗：安上弦。

㊻话言：善言。

㊼覆：反。僭：欺妄。

㊽示：告示。

㊾盈：满。

㊿莫：即“暮”。晚上。

(51)昭：明察。

(52)梦梦：不明。

(53)惨惨：忧闷。

(54)藐藐：轻视。

(55)用：以。

(56)虐：戏谑。

(57)耄（mào）：老。

(58)旧止：指先王的礼法。

(59)悔：过失。

(60)忒（tè）：差错。

(61)回遹（yù）：邪僻。

(62)棘：急难。

【评析】

这是卫武公告诫周平王之诗。全诗十二章。前八章写德之当修。一章言仪、德要相符。缜密的威仪是德的表征。表里皆美，仪、德才能相符。二章言有德必有应。人君德行正大光明，则四国都会顺从他。要制定宏图大略，没有光明的德行断然不成。三章言不要逸乐怠政。如今小人皆迷乱政事，败坏道德，沉溺于酒。而您也唯“湛乐”是从，既不思念继承先人之业，也不广求先王之道，这岂能推行光明的法度？四章言修内以治外。您要勤勉修内，做人民的表率。您要整顿军队，用以制止战争,用以驱逐蛮邦。五、六章言说话要谨慎。说话要谨慎,态度要恭敬。白玉上的污点,还可以磨掉。这言语上的毛病,那就不可改变。因此,不要轻易说话,更不要随便允诺。凡话皆有反响,凡德皆有影响。要施恩于朋友及广大民众。如此,您的子孙将连绵不断,万民无不顺从。七章言要修谨独之功。对待朋友要和颜悦色,这就不会有什么过错。尤其是要看一人在室中,于黑暗角落也无有惭愧。切莫说这里不明亮,没有谁能看见我。殊不知神灵降临,不可揣度,岂可厌倦而不修德。八章言要修德行。您要修明德行,使之日臻完美;您要谨慎举止,不要损害威仪。只要无过错,无伤害,就很少不为人所效法。后四章写要听善言。九章说:若是一个聪明人,告诉他善言就会顺着正道行;若是一个愚蠢人,反而诬我是欺妄。这真是人心各不相同。十章说:您这小子,还不知道好与坏。不但要用手携着他,还要用事指示他;不但要当面告诫他,还要提着耳朵警醒他。不要托言年幼无知,须知您已抱上了儿子。要是不自满自盈,哪里会早知而晚成?十一章说:我诚恳地教诲您,您却充耳不闻。您不用善言来施教,反而用它开玩笑。您借口说年幼无知,反谓我老迈昏庸不用我言。十二章说:您这小子,告诉您先王旧礼。若听从我的主张,就不会有什么懊丧。上天正在降下灾殃,说不定国家就会灭亡。这里以天将丧国示警,这足以感悟时主要及早修德。

桑　柔

菀彼桑柔①,其下侯旬②。
捋采其刘③,瘼此下民④。
不殄心忧⑤,仓兄填兮⑥。
倬彼昊天⑦,宁不我矜⑧。

四牡骙骙⑨,旟旐有翩⑩。

桑树枝叶绿汪汪,下面阴浓好乘凉。
采摘它摧残它,害得下民苦难当。
心里不断地忧伤,凄凉充满我胸膛。
那英明的老天爷,竟对我们不怜伤。

四匹马儿多匆忙,旌旗呼呼在飘扬。

213

乱生不夷⑪,靡国不泯⑫。　　乱子发生不太平,没有一地不动荡。
民靡有黎⑬,具祸以烬⑭。　　百姓本来已不多,兵连祸结都丧亡。
於乎有哀,国步斯频⑮。　　唉,多悲伤,国家命运很紧张。

国步蔑资⑯,天不我将⑰。　　国家命运无依仗,老天不把我抚养。
靡所止疑⑱,云徂何往。　　没处能够定下来,想往又去啥地方?
君子实维⑲,秉心无竞⑳。　　君子暗地来思量,我们持心不逞强。
谁生厉阶,至今为梗。　　谁个生下这祸根?至今还在把人伤。

忧心殷殷㉑,念我土宇。　　我的心里多忧伤,想到我们的土疆。
我生不辰,逢天僤怒㉒。　　我生下来不逢时,老天发怒正碰上。
自西徂东,靡所定处。　　从西边到东方,没块安定的地方。
多我觏痻㉓,孔棘我圉㉔。　　处处看到是创伤,很危急呀我们的边防。

为谋为毖㉕,乱况斯削。　　要是当初计划周,或许可免这祸殃。
告尔忧恤㉖,诲尔序爵㉗。　　告诉你忧国又恤民,教诲你用人要恰当。
谁能执热㉘,逝不以濯㉙。　　谁个患有那热病,不用凉水洗一场。
其何能淑㉚,载胥及溺㉛。　　这样怎能好起来,皆会落水遭灭亡。

如彼溯风㉜,亦孔之僾㉝。　　就像迎着风一样,呼吸起来很不畅。
民有肃心㉞,荓云不逮㉟。　　百姓本有进取心,使他们不敢向前方。
好是稼穑,力民代食㊱。　　他爱好这食粮,派农官搜刮光。
稼穑维宝,代食维好。　　只知食粮是个宝,只知把农官来嘉奖。

天降丧乱,灭我立王㊲。　　老天降下这祸殃,灭我在位的君王。
降此蟊贼㊳,稼穑卒痒㊴。　　蟊虫贼虫往下降,庄稼一起都受伤。
哀恫中国,具赘卒荒㊵。　　可悲痛呀中国,举国上下都荒凉。
靡有旅力㊶,以念穹苍。　　唯恨无力去挽救,只好呼喊那上苍。

维此惠君，民人所瞻。	这个贤明的君王，百姓都向他瞻望。
秉心宣犹㊷，考慎其相㊸。	持心正大又光明，谨慎选用那辅相。
维彼不顺，自独俾臧㊹。	那个昏庸的君王，独断专横自张扬。
自有肺肠㊺，俾民卒狂。	他有坏心肠，使得百姓都发狂。
瞻彼中林，甡甡其鹿㊻。	看那林中道路上，群鹿奔驰忙。
朋友已谮㊼，不胥以穀㊽。	朋友已经在猜忌，不以善道相互帮。
人亦有言，进退维谷。	人们也曾这样讲：进退两难都败伤。
维此圣人，瞻言百里。	这个聪明人，一眼看到一百里。
维彼愚人，覆狂以喜。	那个愚蠢人，反而狂妄而自喜。
匪言不能，胡斯畏忌㊾。	并不是不能言，为何这样大畏忌。
维此良人，弗求弗迪㊿。	这些贤良的人，不寻求不睬理。
维此忍心，是顾是复(51)。	那些忍心的人，却照顾而包庇。
民之贪乱，宁为荼毒(52)。	百姓被迫来作乱，宁愿造出这毒液。
大风有隧(53)，有空大谷。	凡大风必迅速，凡大谷必空旷。
维此良人，作为式穀(54)。	这些贤良的人，做事合法合规章。
维彼不顺，征以中垢(55)。	那些横蛮的人，走在尘土飞扬的道路上。
大风有隧，贪人败类(56)。	凡大风皆迅速，凡贪人必败类。
听言则对(57)，诵言如醉(58)。	恭维的话就答对，批评的话就装醉。
匪用其良，覆俾我悖(59)。	不用那些贤良人，反而使我正颠沛。
嗟尔朋友，予岂不知而作(60)。	哎呀朋友，我难道不知你的作为。
如彼飞虫，时亦弋获(61)。	就像那鸟儿空中飞，有时也被箭射坠。
既之阴女(62)，反予来赫(63)。	我本来是在庇护你，你反而对我发虎威。
民之罔极(64)，职凉善背(65)。	百姓无准则，由于你刻薄背常理。

为民不利,如云不克⁶⁶。　　做事对民无利益,好像还怕不能胜利。
民之回遹⁶⁷,职竞用力⁶⁸。　百姓犯上作乱,由于你使用了暴力。

民之未戾⁶⁹,职盗为寇。　　百姓不安定,由于你抢夺而胡行。
凉曰不可⁷⁰,覆背善詈⁷¹。　我说刻薄不可以,反而骂我不肯听。
虽曰匪予⁷²,既作尔歌。　　虽然你在诽谤我,我终究唱出了这歌声。

【注释】

①菀(yù):茂盛。

②旬:荫浓。

③捋采:摘取。刘:剥落。

④瘵:病。

⑤殄(tiǎn):绝。

⑥仓兄(kuàng):即"怆怳"。悲怆。填:久。

⑦倬:明亮。

⑧宁:乃。矜:哀怜。

⑨骙骙(kuí):马驰不息的样子。

⑩旟旐(yú zhào):旗子。翩:飞扬的样子。

⑪夷:平。

⑫泯:乱。

⑬黎:众多。

⑭烬:灰烬。

⑮国步:国家的前途。频:危殆。

⑯蔑资:无依靠。

⑰将:助。

⑱疑:定。

⑲维:思。

⑳秉心:持心。无竞:无争。

㉑殷殷:忧甚的样子。

㉒俥(dàn)怒:盛怒。

㉓瘖(mín):痛苦。

㉔棘:急。圉(yǔ):边疆。

㉕慗:谨慎。

㉖忧恤:忧患。

㉗序爵:依贤能安排官位。

㉘执热:热病。

㉙濯:洗。

㉚淑:善。

㉛胥:皆。

㉜溯风:逆风。

㉝僾(ài):呃住。

㉞肃:进。

㉟艹(pīng):使。逮:及。

㊱力民:田畯。代食:代蚀。

㊲立:位。

㊳蟊贼:吃庄稼的害虫。

㊴卒:尽。痒(yáng):病。

㊵赘:连属。荒:荒芜。

㊶旅力:体力。

㊷宣犹:明哲。

㊸相:辅佐之人。

㊹臧:善。

㊺肺肠:心肠。

㊻甡甡(shēn):众多。

㊼僭:不信。

㊽毂:善。

㊾胡:大。畏忌:害怕。

㊿迪:进用。

㈤顾:照顾。复:通"覆"。包庇。

㊷荼毒:毒害。

㊳隧:迅疾。

㊴式:法。榖:善。

㊵征:行。中垢:指坏事。

㊶类:善。

㊷听言:好听之话。对:应对。

㊸诵言:谏言。

㊹悖:通"沛"。颠沛。

⑥⓪作:为。

㊶弋(yì)获:用箭射得。

㊷阴:覆盖。

㊸赫:威吓。

㊹罔极:没有法则。

㊺职:主。凉:刻薄。善背:善于欺违。

㊻克:胜。

㊼回遹(yù):邪僻。

㊽力:暴力。

㊾戾:定。

⑦⓪曰:说。

㊶詈(lì):骂。

㊷匪:通"诽"。诽谤。

【评析】

  这是芮伯刺厉王之诗。全诗十六章。此诗当作于厉王奔彘之后。由于厉王无道,变更周法,推行暴政,弄得民不聊生,终于在公元前842年爆发了一次震撼一代的国人大暴动。厉王闻风逃到彘(今山西霍县)后,起义的怒火仍在各地蔓延。此诗正生动地再现了这一段历史。首章写国家大乱之由。诗以柔桑采摘过甚而枝叶剥落,兴比百姓病困是由于厉王残酷盘剥所致。这道出国家大乱的根本原因。二至四章写贵族逃散的情景。义军攻克镐京之后,起义的怒火仍在四方蔓延。京城附近君国的贵族们无不纷纷逃窜。乱子一旦发生就不会立即平静,没有哪一个国家不处于动乱之中。百姓都在起义,贵族们俱为祸乱所毁。国家的前途异常危殆,四方皆乱,逃无归所。诗人所见,乱象环生;诗人所感,悲怆凄苦。厉王往日的所作所为顿时涌上心头。五至十四章写厉王的种种政治弊端。五章斥王为政不公。六章斥王好利贪财。七章斥王重用小人。八章斥王不用贤者。九章斥王离群索居。十章斥王目光短浅。十一章斥王善恶不明。十二章斥王怙恶不悛。十三章斥王不讷善言。十四章斥王滥施威力。末二章写百姓作乱之因。百姓作乱,其因有二:一是因为厉王暴虐,二是因为厉王聚敛。我曾说这样不可,你反而在背地骂我。尽管你如此诽谤我,我终究作了这首歌。

烝　民

天生烝民①,有物有则。
民之秉彝②,好是懿德③。
天监有周④,昭假于下⑤。
保兹天子,生仲山甫。

仲山甫之德,柔嘉维则。
令仪令色⑥,小心翼翼。
古训是式⑦,威仪是力⑧。
天子是若⑨,明命使赋⑩。

王命仲山甫,式是百辟⑪。
缵戎祖考⑫,王躬是保。
出纳王命⑬,王之喉舌。
赋政于外⑭,四方爰发⑮。

老天生下众百姓,有事物就有法则。
百姓顺着那常性,爱好这美德。
老天监视周邦,能把光明照耀下土。
上天保护这天子,生下贤相仲山甫。

仲山甫的美德,以柔和为原则。
好仪表好容貌,小心谨慎无烦恼。
先王遗典他仿效,勤修威仪态度好。
天子选择他,明命要他去传达。

周王命令仲山甫,做那百君的榜样。
继承你先祖的事业,保卫我周王。
总揽周王的命令,宣传周王的主张。
颁布政令向外扬,一直施行到四方。

肃肃王命,仲山甫将之⑯。
邦国若否,仲山甫明之。
既明且哲,以保其身。
夙夜匪解,以事一人。

人亦有言,柔则茹之⑰,
刚则吐之。维仲山甫,
柔亦不茹,刚亦不吐。
不侮矜寡,不畏强御。

人亦有言,德輶如毛⑱,
民鲜克举之。我仪图之⑲,
维仲山甫举之,爱莫助之。
衮职有阙⑳,维仲山甫补之。

仲山甫出祖㉑,四牡业业㉒。
征夫捷捷㉓,每怀靡及。
四牡彭彭㉔,八鸾锵锵㉕。
王命仲山甫,城彼东方㉖。

四牡骙骙㉗,八鸾喈喈㉘。
仲山甫徂齐㉙,式遄其归㉚。
吉甫作诵,穆如清风㉛。
仲山甫永怀,以慰其心。

严肃的周王命令,仲山甫把它来奉行。
国事好与坏,仲山甫分得清。
既开明又聪明,保他身子多安宁。
早早晚晚不懈怠,小心侍奉天子一人。

人们也有这样的话,软的就吞下它,
硬的就吐出它。只有仲山甫,
软的也不吞下它,硬的也不吐出它。
从不欺侮那鳏寡,强暴的人也不怕。

人们也有这样的话,德行轻得像毛发,
人们很少能举起它。我现在揣度它,
只有仲山甫能举起它,虽爱他却不能帮助他。
龙袍上面有破绽,只有仲山甫能缝补它。

仲山甫出行在道上,四匹马儿多强壮。
随行的多快当,心里还怕跟不上。
四匹马儿多匆忙,八只铃儿响当当。
周王命令仲山甫,建筑城邑在东方。

四匹马儿奔不停,八只铃儿响丁丁。
仲山甫往齐国,盼他快些转回程。
吉甫写下这首诗,和美如同那清风。
仲山甫在外常挂念,用歌安慰他的心。

【注释】

①烝:众。
②秉:赋有。彝(yí):常。

③懿(yì):美。

④监:视。

⑤昭:明。假(gé):至。

⑥令:美好。

⑦古训:先王的遗典。式:效法。

⑧力:勤修。

⑨若:选择。

⑩赋:颁布。

⑪式:法。辟(bì):诸侯。

⑫缵(zuǎn):继承。戎:你。

⑬出纳:总揽。

⑭赋政:颁布政令。

⑮发:施行。

⑯将:奉行。

⑰茹:食,吞。

⑱輶(yǒu):轻。

⑲仪图:揣度。

⑳衮(gǔn)职:王职。阙:通"缺"。过失。

㉑徂:通"徂"。行。

㉒业业:马高大。

㉓捷捷:敏捷。

㉔彭彭:马奔驰的样子。

㉕鸾:车铃。锵锵:铃声。

㉖城:筑城。东方:指齐国。

㉗骙骙(kuí):马奔驰的样子。

㉘喈喈:铃声。

㉙徂:往。

㉚遄(chuán):急。

㉛穆:和美。

【评析】

　　这是尹吉甫送仲山甫城齐之诗。全诗八章。首章写仲山甫出生非凡。天生众民,有事物就必有法则。百姓赋有常性,皆喜欢美好的德行。上天监察周邦,以昭明之德施及下土。由于上天宠爱这宣王,故而生下贤相仲山甫。中五章写仲山甫德职相称。二章言德。仲山甫之德以"柔嘉"为准则。他仪容端庄,面色和善,持身谨慎,从政谦恭,表里皆美。他效法故言遗训,学问精湛,勤修威仪,举止有度。于是宣王选择他担当重任,将"明命"使之布于四方。三章言职。他外则做"百辟"的榜样,内则保卫天子一身;入则总领王室政令,出则布政于外。仲山甫能担当"外""内""入""出"诸职,足见其才德兼备。四章言尽职。庄严的王命,仲山甫去奉行它;国事的好坏,仲山甫去明辨它。他既明于理,又察于事,因而他能顺理以守身,不致造成过失。他早晚不懈,事奉宣王。五、六章再言德。他不欺鳏寡,不畏强暴,其德可谓纯正。德轻有如鸿毛,但人们少能举起它,唯仲山甫能够举起它。至于王职有过失,也唯有仲山甫能够匡正。末二章写仲山甫城齐及作诗之由。前面言德职相称为城齐之命必副张本。仲山甫出往东方,四马高大强壮,随从步履迅疾。尽管如此,仲山甫还唯恐不及于事。于是又催马扬鞭,兼程前进,筑城于东方。诗人深知,仲山甫虽奉命城齐,然而他的心仍系王室,必有所怀思,故作诗以安慰其心。

颂

周　颂

我　将

我将我享①,维羊维牛,
维天其右之②。
仪式刑文王之典③,日靖四方④。
伊嘏文王⑤,既右飨之⑥。
我其夙夜,畏天之威,
于时保之⑦。

我奉上我献上,有牛又有羊,
请上天尝一尝。
效法文王法典,每天安定四方。
伟大的文王,也请您尝一尝。
我将日日夜夜,敬畏上天的威严,
于是按时祭上天。

【注释】

①将:奉。享:献。

②右:享用。

③仪式刑:效法。典:法典。

④靖:平定。

⑤嘏(gǔ):通"假"。伟大。

⑥右飨:享用。

⑦于时:于是。

【评析】

这是祭祀上帝以文王配享之诗。全诗一章十句。首三句写祭祀上帝。我们奉献牛羊,请上帝享用这丰盛的祭品。中四句写祭祀文王。效法文王的法典,每日平定天下。伟大的文王,也请您享用这丰盛的祭品。末三句写祭者本旨。我将日夜小心谨慎,敬畏上帝的威严,于是按时祭祀上帝,不敢有半点懈怠。

噫 嘻

噫嘻成王①,既昭假尔②。
率时农夫③,播厥百谷④。
骏发尔私⑤,终三十里⑥。
亦服尔耕⑦,十千维耦⑧。

啊啊我们的成王,已经告谕你们这些工头。
要率领这些农夫,播种百谷到田间地头。
赶快分发你们农具,耕完三十里田畴。
做好你们督耕的职责,万张犁杖都要装好犁头。

【注释】

①噫嘻:赞叹声。

②昭假:明白告谕。尔:指农官。

③时:此,这些。

④厥:其,那。

⑤骏:迅疾。发:颁发。私:"耜"字之误。即农具。

⑥终:耕完。

⑦服:从事。

⑧耦:两个犁头。

【评析】

这是周成王举行籍田典礼之诗。所谓"籍田",就是天子借用民力以耕种公田。全诗一章八句。全诗均为周公向农官传达成王的命令之词。啊啊成王,既已明白告谕你们这些农官。你们要率领这些农夫,去播种那各种谷物。赶快颁发耕具,将三十里田亩耕完。还要从事自己的督耕工作,要在一万张犁杖上都装上两个犁头。不用说,这完全是为了提高生产效率,能尽快将三十里田亩耕完。这"十千维耦"正描写出在"三十里"田野上大规模集体生产的盛况。

丰 年

丰年多黍多稌①,亦有高廪②,万亿及秭③。
为酒为醴④,烝畀祖妣⑤。
以洽百礼⑥,降福孔皆⑦。

丰年小米稻谷多,高大粮仓一座座,千千万万难以数。
酿成清酒和甜酒,献给祖宗来享受。
以合祭神各种礼,神灵降福遍九州。

【注释】

①黍:小米。稌(tú):稻谷。

②廪:粮仓。

③秭(zǐ):十亿。

④醴:甜酒。

⑤烝:献。畀(bì):给予。祖妣:历代男女祖先。

⑥洽:合。

⑦孔:甚,很。皆:普遍。

【评析】

这是周王丰收后祭祖祀神之诗。全诗一章七句。前三句写丰收景象。丰年黍多稻多。盛粮之廪可以说是高大无比。这高廪绝非只有一座,定是

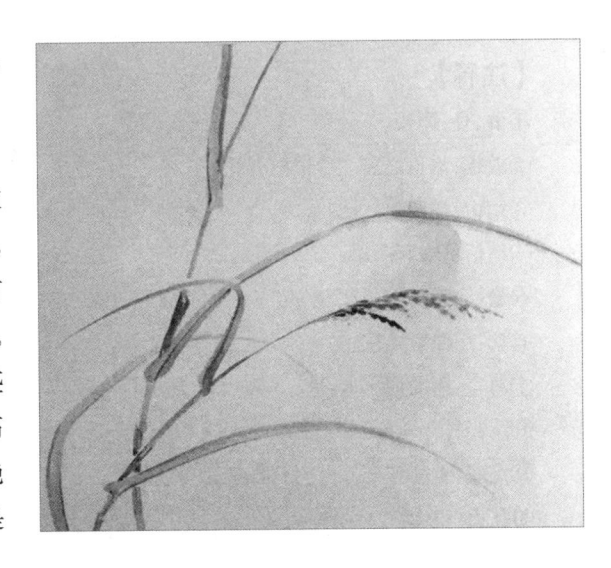

座座并耸,鳞次栉比。不然,那"万亿及秭"的粮食岂能盛装得下？后四句写祭祖祀神。农业丰收了,周王自然不会忘记祖宗与百神。于是用新谷酿成清酒,酿成甜酒,用来祭祖宗,祀百神。末句点明祭祀缘由。即报功今年,且祈福来岁。秋祭主要是酬报神助,而祭祖之意不重,只不过是配以祀百神而已。

有 客

有客有客,亦白其马。
有萋有且①,敦琢其旅②。
有客宿宿③,有客信信④。
言授之絷⑤,以絷其马⑥。
薄言追之⑦,左右绥之⑧。
既有淫威⑨,降福孔夷⑩。

客来了客来了,骑着那白马。
随从很隆盛,彬彬有礼陪车驾。
客住两夜还安心,客住四夜想回家。
给他一根绳,拴住他的马。
设宴欢送他,大臣安慰他。
你有好品德,降福会很大。

【注释】

①萋、且:隆盛。

②敦琢:治玉之名。喻彬彬有礼。

③宿宿:住两夜。

④信信:住四夜。

⑤絷:绳索。

⑥絷:用绳索绊住。

⑦薄言:语助词。追:送。

⑧绥:安。

⑨淫威:大德。

⑩孔夷:很大。

【评析】

这是颂美宋公微子朝周助祭之诗。全诗一章十二句。首四句写客至。据史书记载,殷人尚白。由此可知那骑着白马的"有客"定是宋公微子。在微子的身旁还有众多随从。这些随从一个个威仪隆盛,彬彬有礼。中四句写留客。由于微子大贤,周王惧其离去,故而挽留再三。微子一行已住了一夜二夜,已住了三夜四夜,但周王还是唯恐微子猝然离去,依然盛意相留。这"授绳绊马"的细节非常生动,非常典型。它不仅衬托出微子德贤,而且还描绘出了周王厚爱微子的挚情。末四句写送客。周王设宴为微子饯行。微子即将离去之际,周王之臣又安抚微子,还以美好的祝词"你既有大德,将获大福"赠给微子。

敬 之

敬之敬之①,天维显思②。
命不易哉③,无曰高高在上④。
陟降厥士⑤,日监在兹⑥。
维予小子,不聪敬止⑦。
日就月将⑧,学有缉熙于光明⑨。
佛时仔肩⑩,示我显德行⑪。

谨慎呀谨慎呀,上天眼睛很明亮。
天命不易保有啊,不要说它高高在上方。
万事由它来升降,每天在此勤观望。
我这小子,既不聪明又不稳当。
只有日积月累,学问才能积渐广大而放光芒。
你们要助我勇担当,指示我美德记心上。

【注释】

①敬:谨慎。

②显:明察。

③易:容易。

④无曰:不要说。

⑤士：事。
⑥监：察。
⑦聪：明。
⑧就、将：积累。
⑨缉熙：积渐广大。
⑩佛：通"弼"。辅助。仔肩：重任。
⑪示：指示。

【评析】

  这是成王自戒之诗。全诗一章十二句。前六句写成王敬畏天命。周家圣圣相传，唯在奉行一个"敬"字。诗以"敬之"发端，其意甚为警切。因为上天显赫明察，天命不易保有。如果稍有懈怠，天命就有可能得而复失，"殷鉴不远"，岂不警戒！成王深知此理，彻悟此道，于是警戒自己：切莫说上天高高在上，离人甚远而不敬畏，其实上天无时不在升降其事，无日不在监临下土，主宰人间的一切。正因如此，为人君者不可不敬啊！后六句写成王戒勉自己。成王自谓性既不聪，行又不敬，但愿奋发学习。只要日积月累，学习渐进而广大，便可达到光明的境界。然而要实现这一宏愿，尚赖群臣辅助担当重任，并指示以光明的德行。只有如此，才能使自己"聪"而"敬"，从而永保上天之"命"。不难看出，诗之上下两节前后呼应，意相连续，浑然一体，确为成王敬天勉己之词。值得一提的是，诗中"日就月将，学有缉熙于光明"之语，可谓"《三百篇》言'学'之始"。后世文人墨客引以劝学者颇多，它成为激励后人勤奋学习的座右铭。

丝 衣

丝衣其紑①,载弁俅俅②。
自堂徂基③,自羊徂牛④。
鼐鼎及鼒⑤,兕觥其觩⑥,
旨酒思柔⑦。不吴不敖⑧,
胡考之休⑨。

穿的祭服多鲜洁,戴的礼帽多端庄。
从堂上到墙根,从壮牛到肥羊。
摆设大鼎和小鼎,牛角酒杯弯又长,
酒既柔和又甜香。不傲慢不喧嚷,
祈求长寿与安康。

【注释】

①丝衣:祭服。紑(fóu):鲜洁。
②载:戴。弁(biàn):圆顶帽子。俅俅:端庄。
③基:墙根。
④徂:到。
⑤鼐(nài):大鼎。鼒(zī):小鼎。
⑥兕觥(sì gōng):状似兕牛的酒器。觩(qiú):弯曲。
⑦柔:酒味柔和。
⑧吴:喧哗。敖:傲慢。
⑨胡考:长寿。休:美。

【评析】

这是周王祭祀之诗。全诗一章九句。前二句写助祭者的服饰。他们身着鲜洁的祭服,头戴端庄的圆帽,足见其敬慎不苟之容。中六句写备礼与祭祀。助祭者从堂上到墙根来回奔忙。祭器有大鼎和小鼎,祭品有壮牛和肥羊,还备有状如兕牛的酒杯,里面盛满味道醇正柔和的美酒。祭祀时,气氛肃然,既不大声喧哗,又不傲慢无礼,显得非常虔诚。末句写祭将获长寿之福,点明祭祀缘由。

鲁 颂

有 駜

有駜有駜①,駜彼乘黄②。
夙夜在公③,在公明明④。
振振鹭⑤,鹭于下。
鼓咽咽⑥,醉言舞⑦。
于胥乐兮⑧!

有駜有駜,駜彼乘牡⑨。
夙夜在公,在公饮酒。
振振鹭,鹭于飞。
鼓咽咽,醉言归。
于胥乐兮!

有駜有駜,駜彼乘驖⑩。
夙夜在公,在公载燕⑪。
自今以始,岁其有⑫。
君子有谷⑬,诒孙子⑭。
于胥乐兮!

肥壮啊肥壮,拉车的黄马多肥壮。
早早晚晚在公府,尽心竭力事君王。
众多的白鹭羽,时而升起时而降。
击鼓之声咚咚响,喝醉边舞边歌唱。
君臣全都乐无疆!

肥壮啊肥壮,拉车的黑马多强壮。
早早晚晚在公府,群臣纵情饮琼浆。
众多的白鹭羽,好像在飞翔。
击鼓咚咚响,喝醉而归往。
君臣全都乐无疆!

肥壮啊肥壮,拉车的青马多健壮。
早早晚晚在公府,君臣纵情饮琼浆。
从现在开始,年年粮满仓。
国君有美德,留给子孙国运昌。
君臣全都乐无疆!

【注释】

①駜(bì):马肥壮。

②乘:四马曰乘。黄:指黄毛马。
③公:办公之所。
④明明:通"勉勉"。勤勉。
⑤振振:群飞的样子。鹭:指鹭羽。
⑥咽咽:鼓声。
⑦言:犹"而"。
⑧于:语助词。胥:皆。
⑨牡:公马。
⑩骃(xuān):青黑色的马。
⑪载:则。燕:通"宴"。宴饮。
⑫有:丰年。
⑬穀:善。
⑭诒:留给。

【评析】

　　这是鲁国君臣宴饮公室庆贺丰年之诗。全诗三章。每章首二句写群臣乘坐马车上朝的情景。每章中六句写君臣宴饮庆贺丰年。群臣早兴夜寐侍奉国君,在公府尽力操办公事。这天,国君在公府宴请群臣。宴会伊始,舞师们手持鹭羽,和着"咽咽"的鼓声,跳着欢快的乐舞。他们时而俯仰上下,时而如鹭飞翔,以助其兴。酒过数爵,君臣陶醉宴乐之中,为尽其欢,便起而醉舞。本有醉意,参与舞蹈,真不知手之舞之、足之蹈之。酒既足饭既饱,欢既尽乐既极,最后才醉而归。为何如此狂欢呢?原来是在庆贺丰年。更为可贺的是,国君有美德留给后代子孙。唯如此,才能永保"岁其有"。每章结尾反复咏叹君臣同乐之情,有力地渲染了宴会的热烈气氛。

泮 水

思乐泮水①,薄采其芹②。　　清澈的泮池水,采摘那水芹。
鲁侯戾止③,言观其旂④。　　鲁侯已来临,看见那旗旌。
其旂茷茷⑤,鸾声哕哕⑥。　　那旗子在飘扬,铃儿响丁丁。
无小无大⑦,从公于迈。　　　不分小官和大官,跟随鲁侯向前行。

思乐泮水,薄采其藻⑧。　　清澈的泮池水,采摘那水藻。
鲁侯戾止,其马蹻蹻⑨。　　鲁侯已来临,他的马儿壮又高。
其马蹻蹻,其音昭昭⑩。　　他的马儿壮又高,他的声音多清妙。
载色载笑⑪,匪怒伊教⑫。　　面色温润且带笑,从不发怒只教导。

思乐泮水,薄采其茆⑬。　　清澈的泮池水,采摘莼菜香味厚。
鲁侯戾止,在泮饮酒。　　　鲁侯已来临,在泮宫饮美酒。
既饮旨酒,永锡难老⑭。　　已饮那美酒,永远赐长寿。
顺彼长道⑮,屈此群丑⑯。　　沿着那大道,征讨这群丑。

穆穆鲁侯⑰,敬明其德。　　肃敬的鲁侯,品德勤自修。
敬慎威仪,维民之则⑱。　　谨慎那威仪,给百姓带好头。
允文允武,昭假烈祖⑲。　　能文又能武,明告那先祖。
靡有不孝⑳,自求伊祜㉑。　　无事不效法,自求那福禄。

明明鲁侯㉒,克明其德。　　勤勉的鲁侯,品德能修明。
既作泮宫㉓,淮夷攸服㉔。　　已建那泮宫,淮夷就归心。
矫矫虎臣㉕,在泮献馘㉖。　　勇猛的将士,在泮宫献上敌耳数不清。
淑问如皋陶㉗,在泮献囚。　　审问像皋陶,在泮宫献上俘虏一群群。

济济多士㉘,克广德心。
桓桓于征㉙,狄彼东南㉚。
烝烝皇皇㉛,不吴不扬㉜。
不告于讻㉝,在泮献功。

角弓其觩㉞,束矢其搜㉟。
戎车孔博㊱,徒御无斁㊲。
既克淮夷,孔淑不逆㊳。
式固尔犹㊴,淮夷卒获。

翩彼飞鸮㊵,集于泮林。
食我桑黮㊶,怀我好音㊷。
憬彼淮夷㊸,来献其琛㊹。
元龟象齿㊺,大赂南金㊻。

贤士聚一堂,心胸多宽广。
威武去出征,扫荡东南方。
人滔滔气昂扬,不喧哗不飞扬。
不呼喊不叫嚷,在泮宫献功一桩桩。

角弓弯又长,束箭嗖嗖响。
兵车排成行,步兵车夫斗志旺。
已打败那淮夷,敌人不敢再违抗。
所订谋略很周详,淮夷终于来归降。

翩飞的猫头鹰,聚在泮宫那树林。
吃我桑树果,赠我以好音。
觉悟的淮夷,来献那珍品。
大龟和象牙,还有大玉和黄金。

【注释】

①思:语助词。乐:通"铄"。美,清澈。
②芹:水菜。
③鲁侯:指僖公。戾:至。
④言:语助词。旂:旗。
⑤茷茷(pèi):旗飘动的样子。
⑥鸾:车铃。哕哕(huì):铃声。
⑦小:指小官。大:指大官。
⑧藻:水藻。
⑨蹻蹻:马强壮。
⑩昭昭:洪亮。
⑪载:则。色:和颜悦色。
⑫伊:是。教:教导。
⑬茆(máo):水草。
⑭锡:赐。难老:长寿。
⑮顺:沿着。
⑯屈:征服。丑:指淮夷。
⑰穆穆:肃敬。
⑱则:榜样。
⑲昭假:明白告谕。
⑳孝:效法。
㉑祜:福。
㉒明明:通"勉勉"。勤勉。
㉓作:修复。泮宫:泮水之宫。
㉔攸:犹"乃"。
㉕矫矫:勇武。
㉖馘(guó):指敌尸左耳。
㉗淑:善。问:审问俘虏。皋陶(yáo):尧舜时的狱官。
㉘济济:众多。
㉙桓桓:威武。

㉚狄：通"剔"。除。

㉛烝烝皇皇：美盛。

㉜吴、扬：大声。

㉝告：通"嗥"。呼叫。于：与。訩：通"訇"。喧哗。

㉞觩（qiú）：弯曲。

㉟搜：矢疾。

㊱孔博：很多。

㊲敉：厌倦。

㊳孔淑：甚善。不逆：顺利。

㊴式：乃。尔：指僖公。犹：谋。

㊵翩：飞的样子。鸮（xiāo）：猫头鹰。

㊶桑黮（shèn）：桑实。

㊷怀：赠。

㊸憬（jǐng）：觉悟。

㊹琛：珍宝。

㊺元龟：大龟。象齿：象牙。

㊻大赂：赂，通"璐"。大玉。南金：南方之金。

【评析】

　　这是颂美鲁僖公修泮宫平淮夷之诗。全诗八章。前三章写僖公举行"泮宫"落成庆典。每章首二句以采摘美菜兴比僖公取善政于烈祖。修复"泮宫"正属善政之一端。首章写僖公前往泮宫的情景。僖公乘坐华美的马车，国之群臣，不分尊卑，皆簇拥僖公前往。次章写僖公来到泮宫的情景。僖公话音洪亮，面色温润，且带笑容，从不发怒，总是谆谆教诲。寥寥几笔的勾勒，一位贤君的形象便跃然纸上。三章写僖公举行庆典。僖公高举酒杯，与群臣畅饮美酒，庆贺泮宫修复，祈祷"难老"长寿，谋划平淮之策。中四章写僖公平治淮夷大获全胜。四章写僖公能明其德，能效其祖。僖公表里皆美，堪称民之楷模。他能文能武，故内能治国，外能克敌。他事事效法先祖，自己求得福禄。五章写僖公能以德服人。僖公能修文德以怀来远人。他"作泮宫"之举，淮夷闻之而慑服。勇

237

武的"虎臣",时而"献馘"于宫,时而"献囚"于宫,并如狱官皋陶审讯战俘。这表明初战告捷。六章写僖公将士勇猛无敌。他们出征斗志高昂,军容肃整,纪律严明。如此军队出征,定然是再战告捷:"在泮献功"。七章写僖公武器精良,士卒耐战。士卒拉满弓弦,箭矢如飞。战车滚滚急驰,土卒毫无倦容。如此军队出征,必然是大获全胜。末章写淮夷来献宝物。诗以"飞鸮""集林"兴比淮夷归服;以"飞鸮""食桑黮""怀好音"兴比淮夷被感化而报恩。于是觉悟了的淮夷前来奉献珍宝:大龟、象牙、大璐与黄金。此章收得堂皇典重,雍容大雅,充分体现出战胜国坐受方物的豪迈气象。

商　颂

烈　祖

嗟嗟烈祖①,有秩斯祜②。
申锡无疆③,及尔斯所④。
既载清酤⑤,赉我思成⑥。
亦有和羹⑦,既戒既平⑧。
鬷假无言⑨,时靡有争⑩。
绥我眉寿⑪,黄耇无疆⑫。
约𱌺错衡⑬,八鸾鸧鸧⑭。
以假以享⑮,我受命溥将⑯。
自天降康⑰,丰年穰穰⑱。
来假来飨⑲,降福无疆。
顾予烝尝,汤孙之将。

啊,有功德的先祖,赐给大福无法数。
福禄一再往下降,落在君王的住所。
清酒已摆设,赐我福不少。
也有调好的汤,已备齐已装好。
汤孙祷告默无言,此时乐器停奏静极了。
赐给我长寿,白发转黄寿无疆。
红毂车花车衡,八只铃儿响叮当。
又迎神又奉享,我受天命大而长。
上天把福往下降,丰年粮食装满仓。
神来临神来享,降下福禄无法量。
神灵光顾我祭祀,汤孙献上祭品请神尝。

【注释】

①嗟嗟:叹美之词。

②秩:大。祜:福。

③申:重,一次又一次。

④尔:指主祭时王。斯所:此处。

⑤清酤:清酒。

⑥赉(lài):赐予。成:犹福。

⑦和羹:调好的肉汤。
⑧戒:备。平:成。
⑨鬷(zōng)假:犹"奏假"。祷告。
⑩争:通"铮"。乐器之声。
⑪绥:赐。
⑫黄耇(gǒu):长寿。
⑬约:用革缠束。軝(qí):车轴两端伸出轮外的部分。错:花纹。衡:驾马轭头。
⑭鸾:铃。鸧鸧:铃声。
⑮假:至。享:献。
⑯溥:广。将:大。
⑰康:幸福。
⑱穰穰:谷多。
⑲假:指神至。飨:指神享祭。

【评析】

　　这是祭祀成汤之诗。全诗一章二十二句。一层四句写奉祭之由。发端"嗟嗟",抒发了深深的赞美之情。这"烈祖""成汤"犹如大河的源头,蓄积着博大的福禄。他源源不断地将福禄赐予后代没有期限,现降及到主祭时王的身上。对先祖的这种无穷恩德,岂可忘怀而不常祀?这正点了奉祭之由。二层八句写奉祭获福。既献上清酒,以祈求先祖赐予福禄;又献上和羹,其五味兼备,先祖食之定会欢欣。祭祀之时,主祭时王默默地祷告,人皆肃敬;一切乐器都停止演奏,寂然无声。这二句极为传神,它不仅渲染了一种静谧的氛围,同时还描绘出主祭时王端庄肃穆的仪态神情。主祭时王如此虔诚地奉祭,默默地祷告,原来是为了祈求先祖赐予长寿,返老还童。三层四句追叙时王前往奉祭。时王所乘之车,轴端缠有红皮,轭头饰以花纹,显得雍容华贵。随着四马八鸾的"鸧鸧"铃声,时王来到宗庙。一到宗庙,时王便迎神,便奉享,为的是承受天命广大而久长。四层四句再写奉祭获福。从天上降下安乐之福,连连喜获丰收。先祖之灵飘然降下,欣享祭品,从而又赐福无疆。五层二句写冀享。其文词与《那》篇结尾全同,故这里不复赘述。

玄　鸟

天命玄鸟①,降而生商②,　　上天命令燕子,降下卵来生商,
宅殷土芒芒③。古帝命武汤④,　定居的殷地一片茫茫。上帝命令成汤,
正域彼四方⑤。方命厥后⑥,　征伐占有那四方。普遍策封那诸侯,
奄有九有⑦。商之先后,　　尽有九州的地方。商朝的先王,
受命不殆⑧,在武丁孙子⑨。　受命不懈怠,在武丁时更兴旺。
武丁孙子,武王靡不胜⑩。　那武丁孙子,成汤的事业能担当。
龙旂十乘,大糦是承⑪。　　龙旗车子有十辆,丰盛酒食供奉上。
邦畿千里⑫,维民所止⑬。　国家疆域有千里,民有住所得安康。
肇域彼四海⑭,四海来假⑮。　开始占有那四方,四方诸侯来朝王。
来假祁祁⑯,景员维河⑰。　朝拜的诸侯多又多,聚集京都颂殷商。
殷受命咸宜,百禄是何⑱。　殷商受命多适合,蒙受福禄有百样。

【注释】

①玄鸟:燕子。

②商:指契(xié)。

③宅:定居。

④古帝:上帝。武汤:成汤。

⑤正:通"征"。征伐。域:有。

⑥方:遍。后:诸侯。

⑦奄:尽。九有:九州。

⑧殆:通"怠"。懈怠。

⑨武丁:高宗。

⑩靡:无。

⑪糦:同"饎"。酒食。承:供奉。

⑫畿(jī):边境。

⑬止:居。

⑭肇:始。域:有。

⑮假:至。

⑯祁祁:众多。

⑰景:山名。商都之地。员:四周。

⑱何:通"荷"。蒙受。

【评析】

　　这是合祭先祖之诗。全诗一章二十二句。一层三句写契祖诞生。契祖诞生具有神话色彩。上天命令燕子降下卵来,契母简狄得而含之,误而吞之,于是生契。后来契为尧的司徒,因有功而封于商。这商地范围宽广,为商族的勃兴奠定了基础。二层七句写成汤立国。成汤为商之始祖十四代孙。成汤之时,夏朝政治腐败,夏桀为人残暴。当此之际,上帝赐命成汤,去征讨无道,结果据有四方。成汤立国之后,普遍册封各地诸侯,因而尽有九州国土,从而商朝始兴。商之先王,受天命而不息,因有武丁这样的孙子存在。三层十句写武丁中兴。武丁为商之始祖二十二代孙,为商之一代贤君。有武丁这样的孙子存在,无不胜任"武王"成汤之业。武丁负荷汤业,复兴商朝,似有三举。一是承祭祀。武丁建有"龙旂十乘",驱车前往祭祀,向先祖供奉酒食。二是拓疆土。武丁驱逐了鬼方,国境千里,又始有那四海之地,恢复了汤的旧土,从而使商朝得以复兴。三是朝诸侯。武丁讨伐了鬼方,从此声威大振,天下慑服,四海诸侯无不纷纷前来商都"景"地朝会贡奉。四层二句写本其天意。殷王受天命处处适合,承受福禄无穷无尽。由此看来,这是一首合祭契、成汤及高宗之诗。

图书在版编目（CIP）数据

诗经 / 杨合鸣译注. -- 武汉：崇文书局，2023.4
（崇文国学经典）
ISBN 978-7-5403-7230-9

Ⅰ. ①诗… Ⅱ. ①杨… Ⅲ. ①《诗经》－译文②《诗经》－注释 Ⅳ. ①I222.2

中国国家版本馆CIP数据核字（2023）第053938号

出 品 人　韩　敏
丛书统筹　李慧娟
责任编辑　程可嘉
责任校对　董　颖
装帧设计　甘淑媛
责任印制　李佳超

诗经
SHI JING

出版发行	长江出版传媒　崇文书局
地　　址	武汉市雄楚大街268号C座11层
电　　话	（027）87677133　邮政编码　430070
印　　刷	湖北恒泰印务有限公司
开　　本	880㎜×1230㎜　1/32
印　　张	8.125
字　　数	200千
版　　次	2023年4月第1版
印　　次	2023年4月第1次印刷
定　　价	40.00元

（如发现印装质量问题，影响阅读，由本社负责调换）

本作品之出版权（含电子版权）、发行权、改编权、翻译权等著作权以及本作品装帧设计的著作权均受我国著作权法及有关国际版权公约保护。任何非经我社许可的仿制、改编、转载、印刷、销售、传播之行为，我社将追究其法律责任。

"崇文国学经典"书目

诗经	古诗十九首 汉乐府选
周易	世说新语
道德经	茶经
左传	资治通鉴
论语	容斋随笔
孟子	了凡四训
大学 中庸	徐霞客游记
庄子	菜根谭
孙子兵法	小窗幽记
吕氏春秋	古文观止
山海经	浮生六记
史记	三字经 百家姓 千字文 弟子规
楚辞	声律启蒙 笠翁对韵
黄帝内经	格言联璧
三国志	围炉夜话